八事件　夜逃げ若殿 捕物噺12

聖 龍人

時代小説

二見時代小説文庫

目次

提灯《ちょうちん》殺人事件——夜逃げ若殿 捕物噺12

第一話　提灯《ちょうちん》殺人事件

一

冷たい雨がぱちぱちと音を立てながら、提灯を濡らしている。

そろそろ木戸が閉まろうという頃合い。大工の長吉《ちょうきち》は浅草奥山《あさくさおくやま》でちょいと一杯引っ掛けて、いまは田原町《たわらまち》を歩いているところだった。

「ん?」

あれはなんだ、と長吉は目を凝《こ》らす。

「提灯じゃねぇかい?」

月夜だった。十五夜にはまだ間があるが、半月よりは大きい黄色い月が夜空に見える。

地面は濡れ始めているが、まだそれほどの大降りではない。

長吉もこの程度の雨なら濡れても気にならねぇ、と傘をささずに、奥山から住まいのある田原町二丁目に向かって来たのだった。

周囲を歩く姿はひとりも見えない。雨のせいだけではないような気がして、長吉はぶるんと体を揺すった。

「なんだか、気持ちの悪い晩だぜ」

ひとりごちながら、遠くに見える提灯の赤い灯りを見つめると、人がそばにいる様子がないのである。

そんな馬鹿なと目を凝らしてみたが、やはり提灯だけが揺れながらゆっくりと前進しているではないか。

「ば、ば、化け物だ」

足がすくんでしまった長吉は、背中が雨のせいだけではなく冷たくなったのを感じた。冷や汗が流れているのである。

遠くに浅草寺《せんそうじ》の五重塔が空に突き出て、伽藍《がらん》も黒く天を突いている姿がうっすらと見えている。

「まさか……」

じつは浅草寺にお参りに行かず、奥山で酒を引っ掛けていた、その罰《ばち》ではないかと思ったのだ。

「そうだ、だからあんなおかしなものが見えてしまったのだ。そうだそうだ、そうに違いない」

自分に言い聞かすしかない。

長吉自身、そんな言葉は意味がないと知っているのだが、そんな言葉で恐怖をごまかすしかないのだ。

怖いもの見たさで、提灯の動きをじっと目で追っていると、

「おや？」

急激に提灯がこちらに向かって速度を上げたではないか。

「がぁ！」

離れろ、と叫んで長吉はそのまま逃げ出したのであった。


「……とまぁ、そんな塩梅《あんばい》だったたてんですがね」

ここは、例によって上野山下《うえのやました》にある書画骨董《こっとう》、刀剣などの目利きをおこなっている片岡屋《かたおかや》の離れ。前に寝そべってだらしない格好をしているのは、この店の目利き《めき》、千《せん》

太郎《たろう》である。

提灯がひとり歩きをしていた、と話しているのは、山之宿《やまのしゆく》に住まいがあるご用聞《ようき》きの弥市《やいち》である。

じつはこの千太郎、下総《しもうさ》三万五千石、稲月藩《いなづきはん》のれっきとした若殿様なのである。その若様がどうしてこんな骨董商の離れなどに住んでいるのか?

「俺は、夜逃げする」

そう宣言したのは、御三卿《ごさんきよう》の田安家《たやすけ》につながる姫との祝言《しゆうげん》が決まったときだった。

それまで闊達《かつたつ》気ままに暮らしていた日々が失われるというのが、その理由だった。

それを聞いた江戸家老、佐原源兵衛《さはらげんべえ》は驚いた。

馬鹿なことはやめてくれと説得したのだが、一度いいだしたら聞くような若殿ではない。さっさと屋敷を抜け出した。もちろん江戸の街で暮らすあてなどない。だが、そこは持ち前の天真爛漫《てんしんらんまん》さが功を奏した。

たまたま茶屋でとなりに座った片岡屋の主人、治右衛門《はるえもん》と出会った千太郎は、そのまま居座ってしまったのである。もっとも治右衛門としても、千太郎の目利きの才が欲しかった。ふたりの思いが一致したというわけである。

ところで、許嫁《いいなずけ》は由布姫《ゆうひめ》といい、これまた飯田町《いいだまち》にある下屋敷から、侍女《じじょ》のお志《し》津《づ》と一緒にときどき屋敷を抜け出して、春は飛鳥山《あすかやま》の花見、夏は両国《りようごく》の川開き、秋には道灌山《どうかんやま》の虫聴き、冬でも大川の船遊びをするような活発といえば言葉はいいが、要するにじゃじゃ馬姫として知られていた。

世の中不思議なことは起こるものだ。

このふたりがある事件で遭遇《そうぐう》し、最初はお互いの正体を知らずにいたのだが、やがて、会話や態度などでとうとう自分の許嫁だと気がついた。

「がははっは、だから世の中は面白きものよなぁ」

千太郎は、由布姫と出会ったとき、呵々《かか》と笑ったものである。

そして、由布姫は雪《ゆき》と名乗り、片岡屋に居候《いそうろう》している千太郎の元をときどき訪ねることになった。

千太郎には、佐原源兵衛の息子、市之丞《いちのじよう》という目付け役がいたのだが、いまは国許《くにもと》で手腕を振るい、由布姫の侍女、お志津はときどき屋敷を抜け出す由布姫の留守をさばくために、屋敷にいることが多くなった。

それぞれお目付け役がそばから消えたのをいいことに、

「さて、今度はどんな事件に遭《あ》えるものか」

と手ぐすねを引いて、弥市が持ち込む摩訶不思議《まかふしぎ》な事件の話を待っているのである。

そんなところに、今回もやって来た弥市親分。

「どうです？　おかしな話だと思いませんか？」

強面《こわもて》ふうの顔をしている弥市だが、いまは山之宿の親分さんとして、いい顔になっている。それもこれも、目の前にいる千太郎の才によるものだから、なんとか千太郎に出張《でば》ってもらって、また事件解決に導き、それを自分の手柄《てがら》にしようと画策しているのであった。

つまりは、お互いの思惑《おもわく》が一致しているのである。

したがって、千太郎が歩く提灯についてどんな推量をしてくれるのかと、弥市親分の目は餌《えさ》を待つ犬のようであった。

「話はそこで終わってはおらぬであろう？」

にやにやしながら、千太郎がいった。

「おや、さすが千太郎さん。お見通しで」

「親分が、おっとり刀で訪ねてきたんだ。ただのお化け提灯の話ではあるまい」

となりに座っている雪こと由布姫も、うんうんと首を振っている。

べっ甲で作られた簪《かんざし》がそのたびに、キラキラと光っている。今日の由布姫は、渋い藍色《あいいろ》の小袖《こそで》に朱色の羽織を着ていた。帯は薄い紅色の西陣である。

「雪さんはいつも、けっこうな装いですねぇ」

感心する弥市に、由布姫はにこりと笑みを返して、

「あら、親分さんも近頃では、なかなか粋《いき》な格好をしてますよ」

以前は縞柄《しまがら》が多かったのだが、いまは格子《こうし》柄やら亀甲文様《きっこうもんよう》、さらには季節の小紋《こもん》をあしらった小袖を着て、なかなかのおしゃれであった。山之宿の親分さんとして顔を売るには姿形も大事だ、と近頃、急にしゃれ始めたのである。

今日は、秋らしい楓《かえで》の小紋姿である。

千太郎は、利休鼠《りきゅうねず》の着流し小紋を着て、寝そべっているから、裾からこぼれたふくらはぎを見せながら、

「で、その提灯話はその後どうなったのだ？　そこから、バァとのっぺらぼうでも出てきたかえ？」

「のっぺらぼうは出てきませんでしたが、死体が出てきました」

「それはまた豪勢だ」

「混《ま》ぜっ返さねぇでくださいよ」

人がひとり殺されたんです、と口を尖《とが》らせた。

「おっと、これは言いすぎた」

素直に謝った千太郎に、由布姫が、

「起きてはいかがです？　寝そべったまま話を聞いているからそんな馬鹿なことをいうのです」

「これはいかぬ」

慌てて起き上がった千太郎を見て、弥市は口元を開いてがははは、と笑った。その笑いかたはまるで千太郎である。

「ううむ」

体を起こしながら、腰をさすっている。

秋風が部屋のなかに入ってくる。障子戸を開いたままにしているからだった。

それほど大きくはないが、中庭に植えられている銀杏《いちょう》や楓の木が秋の色に染まっている様子が、部屋から見えていた。

起き上がった千太郎は、今度は四つん這いになって這いながら、縁側に向かった。

「雪さん、なかなか秋らしいいい風が吹いてるぞ」

「肌寒い気がしますけどねぇ」

「なに、そのくらいがちょうどよい」

縁側に座り足をぶらぶらさせる千太郎を、由布姫はまるで幼き子どもを見るように目を細めている。

「あのぉ……」

弥市が、千太郎と同じように這いながら縁側までくると、

「提灯の件はどうなっているんでしょう？」

ふたりの仲がいいのはしょうがないが、事件の話を真剣に聞いてくれ、と呟《つぶや》いた。

「おう、そうか、でどうなったな？」

「ですから、死体があがったんですよ」

「どこにだ？」

「提灯が長吉って大工めがけて飛んできたあたりです」

田原町一丁目だと弥市は答えた。

「ということは、長吉が殺されたわけではないのだな？」

「へぇ、長吉が翌日、自身番に駆け込んで提灯お化けの話をしたものですからね、あっしが呼ばれまして、田原町一丁目に行ってみたんです」

「そこで死体を見つけたと？」

「いえ、それがまた摩訶不思議《まかふしぎ》でありまして、へぇ」

「なんだ、もったいぶって」

「死体を見た連中は大勢いるんですが、あっしが行ってみたら、その死体が消えてしまったんでさぁ」

「ばかな」

「まぁ、これには落ちがありまして……」

なんてことはない、近所の寺の小僧が気を利かせたつもりで、無縁仏として葬ってしまったというのだった。

「行き倒れと間違えたらしいんです」

小僧が、さっさと埋めてしまったので、死体を検《あらた》めることもできねぇ、と弥市は腐っている。もっとも、その死体が殺しかどうかは不明のままだ。

頷《うなず》いた千太郎は、死体の身元もわからぬのか、と問う。

「へぇ、これから一応、確かめに行きてぇと思っているんですがね」

「もう一度訊くが、殺されたのは長吉ではないのだな？」

「へぇ、違います」

「ならば、提灯が人を殺したことにはならぬではないか」

「まぁ、そうなんですがね。へへへ」

そう話したほうが、事件が摩訶不思議になるから、と弥市はうそぶいた。

千太郎を担ぎ出そうとする算段といいたいらしい。

「そうはいいますがね、千太郎の旦那。提灯がひとり歩きした場所で人が殺されたんですから、提灯が下手人《げしゅにん》だということも考えておかねぇと」

「そんなばかなことがありますか」

ほほほ、と口に手を当てて由布姫が笑っている。

「そうはいいましてもねぇ……」

弥市は、どうしても不思議な事件にしたいらしい。

「でも、なんとなく面白そうですね」

由布姫が千太郎に声をかけた。

「提灯がなにかの符牒《ふちょう》になっていると考えて調べてみたら、なにか出てくるかもしれませんよ」

「雪さんもそう思うでしょう？」

自分も同じ考えだ、と弥市はにじり寄る。しかし、千太郎は、じっと庭を見てなにやらもの思いにふけっている様子が続いて、弥市はため息をついた。いまの千太郎はあまりやる気が見えてこない。

「わかりました。まずは身元を洗ってまた出なおして来まさぁ」

そういうと、弥市は縁側で足をぶらぶらさせている千太郎の横を降りようとして、

「おっと、このままじゃ裸足《はだし》だ」

ぶつぶついいながら、草履《ぞうり》を取りに戻っていった。

二

弥市が離れから帰っていった後、由布姫は千太郎に訊いた。

「提灯が殺しなどはしませんわね」

「いうまでもない」

「人がやったということですね」

「いうまでもない」

「親分を助けないのですか?」

足をぶらぶらさせていた千太郎は、縁側に脚を上げて由布姫に体を向けた。

「姫……」

「はい?」

「ちこう……」

「はい？」

由布姫が膝を動かしながらにじり寄ると、千太郎は由布姫の耳元になにか囁《ささや》いた。

「まぁ……、なんですこんな真っ昼間から」

耳を真っ赤にさせて由布姫が恥じらうと、そこに足音がして、

「なんです？　こんな真っ昼間からなどとおなごにいわせて喜んでいるとはけしからん」

治右衛門だった。

薄墨色の小袖を着ているためか、白い足袋《たび》が目に飛び込む。

「どうしたのだ？」

千太郎は、悪びれずに由布姫の肩を抱きながら訊いた。

由布姫は、そっと体を離す。

そんなふたりの仕種《しぐさ》を見つめて、ため息をついた治右衛門は、

「店に、客が溜まっているのです」

「ははぁ……」

「早く、仕事してくださいよ。ただでご飯を食べられては困りますからなぁ」

鉤鼻《かぎばな》をひくひくさせながら、戻っていった。

仕方がない、と千太郎は立ち上がる。

そっと、由布姫がその手を伸ばして千太郎の指に触れた。

しばし、ふたりの指が絡まり合っている……。


弥市は、片岡屋の離れを出てから、山下にあるすぐそばの自身番に入っていった。

山下界隈は、秋になったせいか夏とは異なり、色とりどりの小袖を着た娘たちがそぞろ歩いている。

秋の光は娘たちが髪に挿《さ》した簪《かんざし》に反射する。空にはイワシ雲が刷毛《はけ》で薙《な》いだように浮かんでいる。

弥市は、提灯が殺しをやったとはまったく思ってはいないが、そんな仕掛けをしたのが誰か、そんな面倒な手妻《てづま》を使った者の顔を見てやりたい。

尻端折《しりはしょ》りをした職人が走り去っていく姿を目で追いながら、

「それにしても、提灯がひとり歩きなどするわけがねぇ」

どんな仕掛けが施されたのか、またそれはどんな理由なのか、ぶつぶつひとりごとをいいながら、三丁目と書かれた自身番の前に立った。

「これは山之宿の親分さん」

自身番のなかは丸見えだから、外から来る者の顔も見えるのだ。でっぷりと太った町役《ちょうやく》が座りながら弥市を見て、腰を上げた。

「ちょっと聞きてぇんだがな」

横柄《おうへい》な態度で、弥市が出てきた町役に声をかける。

「例の提灯殺しだがな」

町役は、なにごとかと顔を硬直させている。

「いま、死骸はどこにあるか知ってるかい？」

まだ死骸の検めもきちんと終わっていねぇ、と弥市は毒づいた。

「さきほど見廻りに見えました、南の藪方《やぶかた》様が二丁目にある深妙寺《しんみょうじ》といってました」

「藪方だと？」

南では、あまり評判のいい同心ではない。藪方猪次郎《いのじろう》といい、年は四十歳を超えているはずだが、いざというときに、下手人を取り逃がしてしまったことが何度もある、という噂のある見廻り同心だった。

「住職の名は慈庵《じあん》といいます」

「二丁目か……」

それなら、たいして遠くはない。

弥市は、ありがとよといって自身番から外に出た。

浅草寺から離れると人通りは少なくなる。近所は仏壇屋が並んでいる一角だ。そのせいか年寄りが目立つようだった。

秋風を受けながら、弥市は二丁目方面に向かっていく。

通り過ぎる途中で、ときどき親分さんと声をかけられるが、それにいちいち返事をしながら、進んだ。

深妙寺という寺はあまり聞いたことがない。近所の者に聞きながら、場所を探した。

二丁目から少し大川沿いのほうへ入ったところにあると教えられて、そちらへ足を向けると、

「おやぁ？」

人混みが見えた。

どうやら深妙寺の前に人が集まっているようだった。なにかあったのか？　弥市は十手《じって》を取り出して、

「おうおう、御用のものだ。なにかあったのかい」

人混みのなかに入って行くと、あ、親分さんと声が聞こえてくる。このあたりまで山之宿の親分の顔は売れているらしい。

なにがあった、と訊く弥市に、

「墓が暴かれたんです」

黒い半纏《はんてん》を着た職人ふうの男が答えた。

「なんだと？」

まさかと思って確かめると、その墓にはちょっと前に殺された男の死体を葬ったという。

「待て待て。それは例の提灯に殺されたという男のことかい」

慌てて問いかける弥市に、職人ふうの男はそうだと答えた。

驚きながら境内《けいだい》に入ると、寺の小僧が呆然とした顔つきで、死体の前に立っていた。

弥市の顔を見ると、親分さんと泣きべそをこちらに向けた。慈庵は法要に行っていて留守だという。すぐ近所の者が呼びに行ったからもうすぐ戻ってくるだろう、と寺の小僧は答えた。

「いつ暴かれたんだ」

「昨夜は変わりなかったので、早朝だと思います」

「気がつかなかったのかい」

「朝の勤行《ごんぎょう》が終わって、慈庵さまが法要に出かけた後です。私は境内の掃除をしようと出てきたときに気がついたのです」

「誰がやったのか、見ていなかったかい」

「手ぬぐいをほうっかむりにした男が、あちこち掘っていましたので、驚いて叫んでしまったのです」

ほうっかむりの男はその声に驚いて、逃げ出したという。

顔は見えなかった。逃げるときに後ろ姿が目に入っただけである。ただ、朝だというのに、黒い装束を着ていたという。

それだけでは、男の特徴もわからない。

「こんな野郎が金目の物を持っているとは考えられねぇしなぁ」

穴の開いた地面に横たわっている死骸を見ながら、弥市は呟いた。

それにしても、埋葬を暴いた理由がはっきりしない。

「誰か、言付《ことづ》けを伝えに行ってくれねぇかい」

弥市の言葉に、若い男が進み出た。先ほどの半纏を着た男だった。自分がひとっ走り行ってきましょう、といって弥市の伝言を聞くと、

「あぁ、あのおかしな目利きさんがいる店ですね」

近頃は、片岡屋の目利きは不思議な人だと評判になりつつあるらしい。そのお人な

ら顔を知ってますという。

「それなら話は早ぇ」

すぐここに呼んできてくれ、と告げた。

男は、裾をからげて走っていった。

「この死体になにがあるんだ？」

意味もなく一度埋葬された死体を掘り出すとは思えない、それなりの理由があるはずだ。

弥市は、野次馬たちに手伝ってもらって、死体を持ち上げた。

事件が起きたことは知っていたが、こうして殺された男の死体を見たのは初めてである。

じっくり検めていると、死体の着物の襟《えり》の部分が切り取られたように傷が付いていることに気がついた。

ちょうど、小判一枚程度の大きさである。まさかそこに小判を隠し持っていたということでもないだろうが、なにかを縫《ぬ》いつけていたのではないか、と弥市は傷の周辺を開いたり閉じたりしてみた。

さらに、鼻を近づけて、くんくんと匂いを嗅《か》いでみた。

「なにも匂いはついてねぇなぁ」

埃《ほこり》と土臭さが鼻を突いただけだった。ぶつぶついいながら、弥市は一度立ち上がった。死体が転がっているのは、無縁仏が葬られている場所だ。ときには、数体一緒に埋葬される。

目当ての死体がどこにあるのか、見つけるのは至難の業《わざ》だろう。

それなのに、どうして埋葬場所がわかったのか？

当てずっぽうに掘ったのか？

死体のありかを最初から知っているとしたら、なぜだ？

弥市が首を傾げていると、

「ほい」

いつものふざけた合いの手が後ろから聞こえた。

「これまた、旦那……お早いお着きで」

「駕籠《かご》で来た」

「げ、山下と田原町じゃそんなに離れていませんが」

「駕籠代がなかった。払っておいてくれ」

「はぁ？」

「冗談だ」

「仏《ほとけ》の前でなんてぇ戯言《ざれごと》を」

　ふわっははは、と大口を開きながら、千太郎はこれがその死体か、と問う。

「へぇ、そうですが……」

　弥市はいま考えていた疑問を告げた。

「なるほど。道理であるな」

　頷きながら、千太郎はしゃがんで襟元を探る。

　襟元に土が付いているところから見ると、埋められた後に剃刀で切り開かれたのだ、と弥市に伝えた。

「ははぁ、なるほど」

　弥市は、得心顔で、

「しかし、どうしてこんなところを切り裂いたんでしょうねぇ」

「なにか、縫いつけていたのだろうとはわかるのだが。まぁ、いまここでわからぬことに頭を使ってもしょうがあるまい」

　あっさりと切り替えてしまった。

　殺しだというのに、検視もろくにされていないらしい。

「藪方という南のおかたが検視に来るといっているらしいのですがねぇ。あまり熱心に仕事をするほうじゃありません」

もっと真剣に調べてくれねぇと、と弥市は愚痴《ぐち》をこぼす。

「波平《なみへい》さんはどうしておるのだ？」

「元気ですよ。まぁ、近頃ご新造《しんぞ》をもらったせいで、へへへ」

「なんだ、その顔は」

「いえいえ、うらやましいなぁとまぁ」

「ならば、親分も妻を娶《めと》ったらよいではないか」

「相手がおりませんです」

「彫物《ほりもの》だ」

「はぁ？　あっしは体にそんなものは持っていませんが？」

「こっちだ」

千太郎が指を差した先を弥市は見た。

三

指は死体の二の腕を指《さ》している。

「なにか見えます……」

顔を近づけて、弥市が袖をめくってみた。すると、薄墨の彫物があった。毒々しい形をしたそれは、蜘蛛《くも》が描かれているらしい。毒蜘蛛だろうか、目の部分だけが紅色で彫られているために、その気持ちの悪さが際立っている。

「掘り返した者は、この彫物を目印にしたのだな」

「なんだか、気色《きしょく》が悪いなぁ」

顔を背《そむ》けたくなるような彫物だったが、それをじっと見ていると、弥市の目の色が変わった。

「こ、これは、ひょっとしたら」

「見知っている者か」

「……へぇ、だいぶ前に聞いたことがありますす」

三年前、深川の呉服問屋、富田屋《とみたや》が押し込みに遭ったことがある。押し入ったのはいつもつるんでいた三人組の盗人たちだという。

「そのうちのひとりに、蜘蛛の弁次《べんじ》って野郎がいました」

「ほう……」

「それに、丸太の茂八《しげはち》という野郎が捕縛され獄死しました。最後のひとりは戸越《とごし》の蔵《くら》増《ぞう》という男でしてね。これがいつも真っ黒の衣装を着ているので、暗闇の蔵増とも呼ばれていましたんで」

「ははぁ……」

「その顔はなにか気がついたことがあるってやつですかい？」

「提灯のひとり歩きは、暗闇の蔵増がやったことではないか、と思ったのだ」

「あ……なるほど」

暗闇に真っ黒の衣装を着ていたら、闇に溶ける。提灯がひとり歩きをしていたように見えたのは、そのためではなかったか。

「おそらくそうであろうな」

「しかし、なんのためにそんなことを？」

「いや、本人はそんなことが世間で広まるとは思っていなかったのだろう。だが、いつのまにか噂になってしまった。いつか、自分のことがばれるのではないか、と蔵増は戦々恐々《せんせんきょうきょう》としていたことだろうよ」

「それで弁次を殺したと？」

「いや、それはどうかな？」

いきなりそこまで飛躍させるのは危険だ、と千太郎は釘を刺した。

「仲間割れということがありますぜ」

「盗んだ金子《きんす》が隠されていたのか？」

「へぇ、三人は富田屋に押し込んだ後、ちりちりばらばらに逃げたんですがね。逃げ遅れていた丸太の茂八だけが捕縛されて、あとの弁次と蔵増は逃げてました。茂八が白状したところによれば、残りのふたりが隠し場所を決めていたらしい、ということでしたが」

「では、その丸太ん棒は蚊帳《かや》の外だったということか」

「まぁ、見張り役だけなので詳しい内容は聞かされていなかったと答えていましたが、そんなことは信用ならねぇ、とふたりの居場所を教えろと拷問《ごうもん》を受けて……」

獄死したというのである。

「ふむ」

千太郎は獄死という言葉を聞いてかすかに眉をひそめた。

「いずにしても、襟に縫い付けられていたのは、なんだったのか？」

「それが眼目《がんもく》ですかねぇ？」

「おそらくは……」

手をにぎにぎしている千太郎に、弥市はなにをしているんです？　と訊いた。

「ふむ、子どもの頭になろうかと思うてな」

「子ども？」

「大人の頭では、当たり前のことばかり考えてしまう。だが、子どもは思いもよらぬ考えをするではないか」

「まぁ、ときどき、驚かされることがありますが」

「こんなことがあったのだ」

そういって、千太郎は自分が幼き頃、父親に笑われた話をする。

あるとき、千太郎が夢を見たというと、父親が訊いた。

「どんな夢であったのだ？」

「はい……」

だが、なかなか千太郎は話しだすことができずにいる。夢だから、脈絡《みやくらく》のない世界がぐるぐる回っていたからだった。

「そこで、私はなにをしたと思う？」

「わかるわけがありません」

「父の顔に、私の顔を近づけてな」

「へぇ」

「父の目に私の目をくっつけたのだ」

「ははぁ」

「そこで、私は答えたらしい。こうすると見た夢を一緒に見られるかもしれぬ、とな」

「それは、また……」

「どうだ？　すばらしい頭脳であろう」

「あっしには、思いもつきません」

「大人では、こうはいかぬ」

だから、子どもの頭になればなにやら良策が浮かんでくるかもしれぬ、というのである。

「話はわかりましたが、手をにぎにぎする……そんなことで子どもの頭になれるんですかい？」

「よし」

それまでにぎにぎしていた拳を弥市の顔の前に突き出して、

「できたぞ」

「はい？」

「耳を貸せ」

手招きされて、弥市は顔を近づけた。

小声で千太郎がなにやら呟《つぶや》いている。弥市はいちいちうんうんと返事をしていたが、最後は、けけけけと笑いだした。


波村平四郎《なみむらへいしろう》は、藪方猪次郎から嫌味をいわれ続けて、呆れ返っていた。

藪方というのは、祖父以前からの見廻り同心を務めている家柄である。だが、それだけに権柄《けんぺい》ずくの言動が多く、周りから慕われてはいない。

手札《てふだ》を与えているご用聞きは三人いる。友次《ともじ》、喜多八《きたはち》、伊助《いすけ》というのがそれぞれの名前だが、その者たちもいわば藪方の後ろ盾があるために、威張っているだけで町民の評判はあまりよろしくない。

それに反して、波村平四郎には、弥市という腕っこきがついている。

「おめぇはいいよなぁ。山之宿がいてなぁ」

誉めた言い方ではない。

むしろ嫌味と嫉妬の声音《こわね》がこのところ長々と続いていたのだ。

「もう、三ヶ月は続いているではないか」

このところ、弥市が手柄を独り占めにしている、と藪方はいいたいらしい。

「なにか手妻でも使っているのかい？」

もしそうなら、俺にも教えろというのだ。

手妻やら伴天連《ばてれん》の魔術でも使えるなら自分が知りたいものである。

もっとも、魔術師ではないがそれに似たような手腕を持っている侍がついていることは間違いない。

「それにしても、あの千太郎というお人は何者？」

普段、会話を交わしているとまるで覇気《はき》を感じることができない。だが、ひとたび事件を前にすると鬼神のごとき策やら剣の腕であっという間に謎解きをしてしまう。

「不思議な御仁《ごじん》だ」

弥市が長い間そばにくっついていたい、と思うのも無理はないと思う。

提灯が絡んでいる今度の事件でも、千太郎はなにやら策を練っているらしい。弥市

が波平のそばにやって来て、

「旦那……こんな策があるんですが」

奥山のはずれにある水茶屋での会話だった。見廻りの途中で一休みをしようと床几《しょうぎ》に座ったところで、弥市から話があると持ちだされていたのだった。

「じつは、千太郎の旦那が考えたこんな策があるんですが」

聞かされた内容に、

「本気か？」

思わず聞き返してしまった。

「子どもの頭で練り上げたらしいです」

「なんだ、それは」

「まぁ、ねぇ、あのお人の考えることはまるでわからねぇ」

だいたい、提灯が人を殺したなどという噂自体が眉唾《まゆつば》だと思っている波平である。

それなのに、また提灯がひとり歩きをし始めたという噂を立てよう、と聞かされたのである。

「それだけではありませんぜ」

「お化けの格好でもしようというんじゃねぇだろうなぁ」

「まさか。いくらなんでもそれはありませんや」

そういって弥市が告げたのは、提灯が歩きながら人の名を唸《うな》るというのである。

「人の名とはなんだ」

「へい。く〜ら〜ぞ〜う〜、と唸りながら歩くというのです」

「ばかばかしい、子どもだましではないか」

「子どもの頭で考えたことですから」

うううむ、と波平は天を仰いでしまったが、すぐ笑いだして、

「けっこう、効果があるかもしれねぇなぁ」

提灯が唸りながら歩いている噂を立てることで、蔵増をあぶり出そう、という策である。

「最初は、驚きましたがね。ひょっとしたら、という気持ちになってきましたよ」

ふたりは、顔を合わせて笑いあう。

ただの子どもっぽい目利きなのか、よほど天真爛漫《てんしんらんまん》なのか、または楽観的なのか、と波平は言葉を並べた。

「まぁ、その全部でしょうねぇ」

弥市は、十手でくるくると輪を描いていると、

「なんだ、それは！」

「わ！　千太郎の旦那！」

いつの間にか、そばに千太郎が来てじっと弥市の十手が舞っているのを見ていたのである。

四

提灯が声を出すなど前代未聞《ぜんだいみもん》だ、とあっという間に噂が江戸中を走り回った。

提灯はひとつところに出ているわけではない。

数ヶ所、同時に提灯が歩き廻っているというのだから、江戸っ子はその不可思議なできごとに、拍手喝采《かっさい》した。

江戸っ子は少々バカバカしいと思えるようなできごとが大好きなのである。

ひとつの提灯が、大川橋《おおかわばし》を渡り細川家《ほそかわけ》、松平家《まつだいらけ》のお屋敷を通り過ぎ、源兵衛橋《げんべえばし》にかかっていた。それを進んでいくと、水戸家《みとけ》の下屋敷に出る。

その一角は、武家屋敷が続いているので人通りは少ない。

さらに、別の提灯は芝口《しばくち》から露月町《ろげっちょう》、宇田川町《うだがわちょう》、飯倉神明前《いいくらみょうじんまえ》を歩いている。

そして――。

もうひとつの提灯は門跡前《もんぜきまえ》から安倍川町《あべかわちょう》に向かって進んでいた。

この提灯たちの正体はもちろん千太郎が率いている者たちが黒装束を着て、江戸の町に散らばっているのだ。

水戸家界隈を歩いているのは、弥市が密偵として使っている徳之助《とくのすけ》。

飯倉神明前を歩くのは、弥市。

そして、最後のひとり、安倍川町に向かっていたのはなんと由布姫である。

千太郎から、提灯になりきって歩く策を練ったと教えられて、

「私がやります」

すぐさま手を挙げた。

危険だから、という千太郎の言葉に、由布姫は猛然と抗議をした。

「私を誰だと心得ますか。薙刀《なぎなた》免許皆伝、小太刀《こだち》も免許皆伝。怖いものなどありません」

きっと目を見開いた姿に、

「むむむ……では、提灯になってもらいましょう」

否応《いやおう》なく、頷くしかなかったのである。

た。

「ただ、ひとつだけ条件がある」

と千太郎は、自分がそばを歩いていざというときに助ける、と約束させたのであった。

それを知った徳之助と弥市は自分たちはどうなるのだ、と不服をいいだしたのだが、

「危なくなったら逃げろ」

とひとことで終わってしまった。

「一度、襲った相手はまた同じ場所に来る。そのときは助けるから安心しろ」

千太郎はそういって、弥市と徳之助を説得したのであった。

提灯があちこちで歩き回っているという噂が江戸に拡がったのは、五日前からである。

最初は、このように一ヶ所だけではなかった。

だが、やがてひとつの場所だけに噂はまとまり始めた。その場所がいま由布姫が歩いている芝口から宇田川町、芝神明町にかけての通りである。

飯倉神明町の道筋は、直線である。

今日は、月のない夜であった。

本来なら十八夜であるが、雲が月も星も隠しているのである。

月が煌々《こうこう》と夜を照らしていると、これまた不気味な気がするが、まったく月の明かりのない夜は、墨をまき散らしたような漆黒《しっこく》の闇である。

だが、音もなく滑るように闇を照らして進む赤い灯があった。

よく見ると灯は揺れながら、一定の拍子を取るような動きを見せているのである。

その揺れに合わせて、灯が当たった塗り塀や板塀が赤く染まり、まるで蛇の赤い舌が這いまわっているように見える。

不気味なのは、それだけではない。

「く～ら～ぞ～う～」

人の名前を呼んでいるのだ。

少し、西へ向かえば増上寺《ぞうじょうじ》があるから酔っぱらいもあまりいない。将軍の墓がある近くを酔っ払って歩く者などいない。したがって、しんしんとした静けさが肌に突き刺すようである。

小柄な由布姫が真っ黒な衣装を着ているのだから、それだけ闇に溶けやすい。小田原提灯を前に突き出して、

「く～ら～ぞ～う～」

地獄から聞こえているのではないかと思えるような野太い声を出している。

近くに千太郎がいるはずだが、その姿も闇と同居しているだろう、どこから由布姫の動きを見ているのか不明であった。

「誰かいる……」

由布姫は、闇に沈みながら、そう思っていた。

千太郎とは異なる気配を、露月町あたりから感じていたのである。ただの気配ではない、なにか獣《けもの》に見据えられているような、背中に鋭利な刃物を突きつけられているような、なんともおぞましい感覚を覚えていた。

「千太郎さんは？」

密かに千太郎の気配を探してみたが、感じることはできない。

そばから離れてしまったのだろうか、あるいは、敵と見越して少し離れて相手の動きを探っているのだろうか。

口ではあんな強がりをいっていたが、いざとなるとやはり心細い。敵の姿がはっきりしていないからだ。目に見える存在なら怖くはない。見えないからよけい恐怖心を煽《あお》られてしまう。

ひゅーと風が舞った。

冷たい秋風は、怖さを倍増させるらしい。背中が急激に冷えたような気がする。

由布姫は、歩く速度が早くなるのを自分で感じている。敵なのかどうかそれははっきりしない。だが、この気配は確実に自分を狙っている。

蔵増なのか、どうか——。

こうなったら早く姿を現してほしい、と願う。そのほうが正体がはっきりするからだ。

それでも由布姫は、気丈に提灯を持ち替えもせずに、速度も落とさず歩き続ける。ひたひたと嫌な音が後ろから聞こえてきた。

来た——。

一定の感覚で歩く音がする。ぶれがないだけに、不気味さは増している。

「…………？」

さらに由布姫は不思議な感覚を覚えた。

「ひとりではない？」

また異なる気配が闇のなかからこちらを見ているような、異様な気振りが伝わってくるのだ。気配を探ろうとしたら、それが消えた……。

「いまのは、なに？」

気持ちの悪さを消し飛ばすために、思い切って声を出した。

「く〜ら〜ぞ〜う〜」

足音は、ひたひたという音がかすかだが大きくなっている。さっきよりそばに近づいてきたようだった。

「しゃ！」

後ろから声が聞こえ、塊《かたまり》が由布姫の背中に飛んできた。

気配を感じた瞬間、由布姫は思いっきり前に転がった。二回、三回と転がってからしゃがんだまま、手を地面につけて敵に体を向けた。次の攻撃に備えたのだ。

「くそ……」

敵も黒装束を着ているせいで、体の輪郭はうすぼんやりとしていた。ただ、大柄だということだけは気がついた。

顔もすっぽりと覆面を被っている。

提灯は転がるときに投げ出したので、道の端で燃えている。その灯はかすかなものだから、顔を露《あら》わにするほどではない。

地面にしゃがんだまま敵の攻撃に備え、構えている前に、敵の黒装束がふたたび飛びつこうとしたそのとき、

「ちょっと待った！」

いきなり、白いなにかが目の前に立ちはだかった。

「なに？」

それまでひと言も言葉を発しなかった敵が呻《うめ》きとともに、吐き出した。

闇夜に白いものが浮かんでいる。

それも、顔の部分だけである。おそらく、首から下は真っ黒なのだろう。顔の部分だけが浮き彫りになっている姿は異様に見えた。まるで、白い顔の化け物がゆらゆらと浮かんでいるように見えている。

「蔵増か」

白い化け物が訊いた。

「なに？」

「お前は蔵増かと訊いておる」

「誰だいそれは？」

「おやぁ？　となると、お前は誰だ」

「ふん、そんなことはどうでもいいじゃねぇかい」

「おかしなことになってきたぞ」

「ちっともおかしくなんかねぇ」

白い化け物の声は、千太郎である。

由布姫は立ち上がって、燃えている提灯の残り火を足で踏み消した。また付近は暗い闇に戻った。白い頭巾だけが浮かんでいる。

「お前はなんだ」

蔵増だとばかり思っていたが、そうではないと答えている。千太郎だけではなく由布姫もそれを知りたいのだろう、前進して千太郎の横に立った。

「どうやら、ただの盗人のようだが？」

千太郎が問う。

「お前さんたちも同類かい」

「ふむ……」

千太郎は答えずにいる。相手がかってに想像を巡らせてくれたら、それに合わせる算段である。

「ははぁ……近頃、あちこちで提灯が歩いているという噂があったが、おめぇさんたちがやっていたことなんだな」

「これは、いかぬ。ばれてしまったか」

「おめぇたち、なにを考えているんだい」

「そんなことは盗人にいわれたくないねぇ。お前はどこに押し入ろうとしていたのか知らぬが、増上寺のそばで大胆な男だ」

「ふん、侍は気になるだろうが、俺たちにゃ関係ねぇ」

「なるほど」

由布姫は千太郎の前に行き、目を見つめた。無駄口を交わしている場合ではない、といいたそうである。そうか、と千太郎は目で返した。

「まぁ、よい。行け」

「なに？」

「まだ盗みには入っておらぬらしいからな。終わった後だったら懲《こ》らしめてやるところだが、いまのうちなら見逃してやる」

「ふん」

盗人らしき男は、しずしずと後ろに下がり始めた。

「どうやら、あまり相手にしていてもろくなことにはなりそうにねぇらしい。ここいらで退散したほうがいいようだな」

そういうと、あっという間に盗人らしき男は、その場から立ち去っていった。

「蔵増かと思いましたが……」

由布姫が寄ってきて囁いた。

千太郎はにやにやしながら、この白い頭巾はどうだった、と訊く。

「そんなことより、蔵増かどうかが大事ではありませんか……確かに、その白と黒の対比には驚きましたが」

「であろう？」

ふふふ、と覆面のなかで含み笑いをする千太郎に、由布姫はいつまでもこんなところにいてもいいのか、と疑問を投げかける。

「ふむ。では、戻るとするか。今日はこれ以上このあたりを流す必要はあるまい」

はい、と答える由布姫だが、どこかうかない素振りである。

「なにか疑問でも？」

「本当にこんなことをしていて、蔵増がやって来るのでしょうか」

「来たではないか」

「え？」

なにをいっているのだ、と肩を揺する由布姫に、

「さっきの盗人が蔵増だ」

「でも、本人が違うと」

「自分で正体を明かす者はおらぬのだよ、姫」

「まぁ……それならどうして、逃がしたのです」

「心配はいらぬ。ちゃんと後をつけさせている」

「え？」

「いやいや、波平さんにはご苦労な仕事を頼んでしまったなぁ」

「まぁ……」

　そういえば、後をつけている気配のなかに、千太郎とは異なる気振りを感じたのを思い出した。あれは、波村平四郎が発していた息吹《いぶき》だったらしい。

　まったくなにを考えていたのか、この人は。用意周到なのか、先を見越す才があるのか。それとも、人を騙すのを楽しみにしているだけではないか、と暗闇のなかで由布姫は、ため息をつく。

　ひひひ、と白い千太郎はおかしな笑い声を上げるだけであった。

五

　波村平四郎は、蔵増と思える男を尾行していた。

蔵増が絶対に来る、と千太郎が断言していたのは、あちこちで噂をわざと立てたからだろう。三ヶ所の噂がひとつになると、人はそこに行きたくなるものだ。

特に蔵増のように自分の名を呼ぶ提灯が揺れながら歩いている、と聞くと黙っていられなくなるだろう。

おそらく、蜘蛛の弁次の死体を掘り起こしたのは、蔵増である。

疑問が残るのは、弁次を殺したときに襟を検めなかったのは、なぜか、ということだが、それは本人に訊いてみたほうが早い、と千太郎はあまり気にしてはいない。

だが、どうやったらその本人を捕縛できるか。

そこで、千太郎は今回の提灯騒ぎを起こした。

そんな子どもだましで、蔵増が表に出てくるだろうか、と弥市から訊かれたときには、苦笑したのだが、いまになってみたら、功を奏したということになる。

いま、蔵増は宇田川町から、露月町を歩いていく。

左右に大きな武家屋敷があるから、人は誰も歩いてはいない。ときどき野犬が通り過ぎるが犬などまったく気にはしていないのだろう、かすかに腰をかがめ加減にして、蔵増は歩いている。

その歩く姿はまるで奥山で大道芸をしているような格好に見えた。

「なに？」

そこに気がついた平四郎は、ふと足を止めた。

「あの後ろ姿はどこかで見たことがある……」

奥山の大道芸人――。

そこに気がついた平四郎は、ひょっとしたら、と心で呟いた。

もしそうだとしたら、尾行を撒《ま》かれたとしても、明日奥山に行ってみたら確かめることができる。

だが、いまはそんなことを考えるよりは、目の前の蔵増らしき男の塒《ねぐら》をしっかり把握することだ。平四郎は、自分に言い聞かせながら尾行を続けた。

男は、赤穂浪士《あこうろうし》が渡ったといわれる汐留橋《しおどめばし》から左にある新橋《しんばし》を渡って、そのまま通町《とおりちょう》に進んでいく。

ぽちゃぽちゃと川の音が大きくなった。

日本橋川《にほんばしがわ》が近くなったのだ。

その頃になると、月が雲からかすかに顔を出して、太鼓《たいこ》のような形をした日本橋の姿を遠くに映し始めていた。

「どこまで行くんだ」

奥山近辺で大道芸を披露しているとしたら、その近くに塒はあるのだろう、と踏んでいるのだが、さすがにどこまで行くのか心配になってきた。

平四郎の姿も闇に溶けるくらい黒い装束を着ている。

ふたりの黒い男が木戸が締まった後に、駿河町《するがちょう》やら通町《とおりちょう》を歩いているのは、異様な光景であろう。

さすがに日本橋に出ても人が歩いている姿に出会うことはなかった。周囲の大店《おおだな》もすべて大戸を降ろしているから、しんと静まり返っているだけである。

日本橋を渡る途中、蔵増らしき男は一度足を止めて、周囲を見回した。

——ばれたか？

背中に力が入った平四郎だったが、すぐ相手は歩き始めた。

心配はいらなかったらしい。

が、一瞬の間だった。

男がいきなり走り始めたのだ。

「しまった」

尾行に気がつかれたらしい。どこでばれたのかわからないが、このままでは撒かれてしまう。

平四郎は、足を速めて走り去っていく男の背中を探した。

だが、猿《ましら》のごとく走り去っていく男の背中は、いつの間にか視界から消えていたのである。


翌日、片岡屋の離れ。

千太郎は、例によって縁側にだらしなく体を投げ出している。

そばには由布姫がちょこんと座っているのだが、平四郎は体を小さくしながら千太郎の言葉を待っていた。

「気にすることはない」

千太郎は、庭を見ながら慰めの声をかけている。

「しかし」

「奥山の大道芸人だと気がついただけでも、儲けものではないか」

「それはそうですが」

自分のどじで撒かれてしまったのだと思うと、平四郎は弥市や徳之助たちにも合わせる顔がないといいたそうである。

「大道芸人なら、探す手立てはあるはずではないか」

「しかし、本当にそうか……」

見間違いということもある、と平四郎はため息をついた。

「まあ、よい。弥市親分たちに捜させてみたらいい。違ったらまた一から出直せばよい。それだけのことだよ、波平さん」

「そういってもらえると気が楽になります」

「まずは、その大道芸人のところに行ってみようではないか」

「じつは、すでに弥市を探しに行かせています」

「それは重畳《ちょうじょう》」

満足そうに千太郎は、平四郎に体を向けた。

それでも、奥山に行ってみよう、と千太郎は立ち上がった。

続いて、平四郎も続く。

由布姫の顔を見ると、立とうとする気配はない。千太郎は珍しいと呟いて、平四郎と一緒に奥山へ行くことにした。

と、そこに弥市が庭先から入ってきた。目を三角にして、勇み立っている。

「どうした？」

千太郎の問いに、弥市は逃げられました、と叫んだ。

「ということは、あの大道芸をやっていた男が蔵増だったのか！」

平四郎が叫んだ。

「波平の旦那の目は確かでした」

ハァハァ息を切らしながら弥市が叫んでいる。

「いま、徳之助が追い詰めています」

逃げ出したところを、徳之助が追いかけ、居場所を突き止めたというのだ。

「でかした！」

波平が叫んで千太郎に、行きましょうと促した。

「それにしてもあっさりと見つけることができたものだ」

平四郎が不思議な顔をすると、一度は逃げられたのだが、徳之助が女の格好をしてつけていき、途中で女達を巻き込んで見つけた、という。

徳之助は普段から女の着物を着て歩くような傾奇者《かぶきもの》だ。それがうまくいったのだろう。

「徳之助も役に立つではないか」

千太郎は、草履を履いて庭に降りた。

今度は由布姫も立ち上がろうとしたのを見て、千太郎が止めた。

「相手はひとりだ。それほど大勢で行くこともあるまい」

不服そうな目つきで千太郎を見つめた由布姫は、ただ奥山に行きたいだけです、といって立ち上がった。平四郎はにやにやしながら、

「いいではありませんか。雪さんもあの提灯仕掛けを手伝ってくれたのですから」

　ふむ、としぶしぶ千太郎も頷いたのである。


　山下の町を四人は飛ぶように駆けた。

　徳之助ひとりでは、いつ逃げられるか知れない。

　道々、弥市に問うと、蔵増らしき男は、奥山に一度来たのだがはたとなにかに気がついた様子で、すぐ戻っていったというのだった。

　弥市と徳之助は、大柄で黒い衣服を着た大道芸人を探していた。それは平四郎から教えられていた姿形であった。

　奥山で芸を見せている連中に、黒装束で芸をやっている男はいるかと訊いたら、それは蔵太郎《くらたろう》だろうと教えてくれた者がいた。蔵太郎の芸は、後ろに黒い幕を張って、そのなかで姿を消して見せるというものだった。

「そいつに間違ぇねぇ」

周辺で芸を見せている者に住まいはどこなのか訊いてみたが、知っている者はいない。

ひとりだけ、一度、途中まで一緒に帰ったという男がいた。ガマの油売りだった。話を聞いてみると、蔵太郎は、奥山から出ると大川橋を渡り源森橋《げんもりばし》方面に向かっていったという。

そのすぐそばには、水戸様の大きな下屋敷が建っているが、そこから裏に回ると小《こ》梅村《うめむら》だ。一緒に歩いた男は、そちら方面に行ったのを見届けていた。

そこからは徳之助の活躍だ。

小梅村で畑仕事をしている女がふたりほどいた。その女たちに徳之助は向かって行くと、なにやら話しかけた。

女の格好をしている徳之助に、最初女たちは怯《ひる》んだようだったがすぐ笑顔があふれ始めた。そして、すぐ近所の家を回り始めたのである。

その様子を見ていた弥市は、徳之助に訊いた。

「女たちになにを話したのだ」

「別に、特別なことはしていませんよ。大道芸人が近所に住んでいないかどうかを訊いただけです。まぁ、最後に探してくれたら嬉しい、というようなことはいいましたがね」


にやりと返答をする。

それ以上問うたところで、弥市になにが起きたのかわかるはずもない。

ふん、そうかい、と弥市は仏頂面《ぶっちょうづら》をしているだけだった……。

六

蔵増らしき男の住まいは、女たちが聞き回ってくれたらすぐ判明した。

小梅村に流れる小川のすぐそばに、小屋が建っていてそこに大柄な男が住んでいるとのことだった。

普段、近所付き合いはないが、毎日、大きな幟《のぼり》のようなものを持って出かけるという。

話を聞いた弥市は、その男だと小躍《こおど》りした。

すぐ千太郎と平四郎を呼んだ。

小屋の周囲は小さな垣根になっていた。

ぐるりと囲んだ垣根の真ん中あたりに枝折《しお》り戸があり、こんな場所にしては瀟洒《しょうしゃ》な造りだった。

このあたりは、金持ちの寮が多く建てられているから、以前は誰かの持ち物だったのではないかと思われた。千太郎たちは、遠巻きでその建物を見張っている。

「すぐ、押し込みますかい？」

弥市が千太郎に問う。

「蔵増はなかにいるのか？」

「女たちによれば、さっき戻って出かけてはいない、とのことでしたがねえ」

ふむ、と腕を組んだ千太郎は、少し思案顔をしていたが、

「では、ちょっと行ってくる」

千太郎は、すたすたと建物に向かって進みだした。歩く姿はまったく屈託《くったく》がなく、旧知の友人を訪ねるような雰囲気である。

それを見て平四郎が慌てて追いかけようとしたが、

「ひとりでよい」

にんまりと返答をしてから、千太郎は謡曲《ようきょく》などを歌いだした。

建物の前に着くと、千太郎は一度足を止めて大きく息を吐いた。

枝折り戸を開いて庭のなかに足を踏み入れ、途中秋の花を撫でたりしながら、戸口

の前に立った。

外から見るより、縁側が横から奥へと伸びていて、けっこうな造りである。

「頼もう！」

まるで、武者修行のような声をかけた。

なかから返事はない。それでも千太郎はあきらめずに、もう一度頼もう！　と大きな声をかけた。

がさがさという音が聞こえてきて、戸口がかすかに開いてなかからこちらを覗いている姿が見えた。

「一手ご指南いただきたい」

「なに？」

「こちらに、上泉伊勢守《かみいずみいせのかみ》殿のご末弟が住んでいるとお聞きした」

「なんだと？」

半分ほど見えている顔が不審げに変化した。眉がぴくりと動いて、この男は誰だという目つきである。

「一手ご指南いただきたい」

「とっとと帰れ」

「ご指南を」

なにがあっても引き下がらないという雰囲気を見せる千太郎に、相手もしびれを切らしたのだろう、がらりと戸を開いて外に出てきた。

いまだ、と弥市は心のなかで叫んでいたが、千太郎はいたってのんびりしたものである。

「ご指南を」

小さく頭まで下げている。

「倉貫蔵太郎《くらぬきくらたろう》殿とお察しする」

「なんだと？」

「倉貫殿ではないのか？」

「…………帰れ」

「いやいや、そうはいかぬ。ようやく探り当てたのだ。どうしても一手ご指南していただきたい」

「俺は、そんな男ではない」

「倉貫蔵太郎殿。人呼んで、暗闇の蔵増さんではないのか？」

「なに！」

男の顔が歪《ゆが》んだ。ただ驚いているだけではない、自分に危険が迫っていると気がついた顔つきだった。

その瞬間だった、千太郎が思いっきり戸口を引いたのだ。それまで半分しか開いていない戸が全開になった。

男の顔が見えた。

「ははぁ……やはりあのとき、黒覆面をしていたのはおぬしであったか」

「なんだと？」

蔵増らしき男は、脱兎《だっと》のごとく外に飛び出して、千太郎目がけて腰に差していた長脇差で斬りつけてきた。

「おっとととと」

ふざけた声をかけたまま、千太郎は数歩下がると、

「間違いなかったらしい」

「誰だおめぇさんは」

「先日神明前で会ったではないか」

「なに？」

不審な顔つきで男は目を凝らして千太郎を見つめると、すぐにやりとして、

「あのときの白い化け物か」

「久しぶりだのぉ」

「なにを惚《とぼ》けたことを」

庭先に出てきた蔵増は、腰を屈めて飛びかかる体勢を作っている、だが、千太郎はまだ刀を抜かずに、へらへらした顔つきであった。

「確かめておきたい、もう一度問う、お前は暗闇の蔵増だな」

「やかましい！」

返答はせずに、ふたたび切っ先を上段に持ち上げると、そのまま斬り下げた。

喧嘩は慣れているのだろうが、剣術を習った剣先ではない。千太郎から見ると子どもの手を捻るようなものだ。

だが、千太郎はかすかに下がっただけで、切り返そうとはせずに、

「どうやら間違ってはいないということらしいな」

「お前は誰だ！」

「うん？　私か？　ただの目利きだが、ただの目利きではない。おや？　なにか変だな」

「なにをわけのわからぬことを」

「間違った。ただの目利きではなく、悪の目利きである。人呼んで、目利きの千ちゃん」

「…………」

「いや、そんな呼び方は誰もしておらぬが、まぁいいだろう」

ふたりの会話は、平四郎や弥市には届かない。遠くから見ているとまるで仲良く会話を交わしているように見える。

「なにやってるんだい、あのふたりは」

徳之助がしびれを切らして、いまにも飛び出したいという顔つきだ。

「まぁ、待て」

それを平四郎が止めた。

「なにか策があるはずだ」

だが、そんなことは知っちゃいないとばかりに徳之助は、前に進みだした。腰に得物を差しているわけではない。七首《あいくち》を持っているわけでもない。そのままでは斬りつけられたときに戦う術《すべ》はない。

だが、女物を着ているだけ、不思議な雰囲気に包まれているのは確かだ。弥市は、またあの野郎の勝手が始まった、と静観している。

平四郎も同じように、様子を見守ることにしたらしい。

「誰に頼まれた！」

蔵増が千太郎に訊いた。

「誰に頼まれたわけではない。勝手に来ただけだから安心しろ」

「別に誰に頼まれようが、勝手に来ようがどうでもいいことだ。お前も弁次が持っている絵図面を狙っていたのか」

「うん？　ははぁ、あの襟が切り取られていたのは、なにかの絵図面が入っていたからだな。金の在処でも描かれていたのであろうか」

「……なにも知らねぇのかい」

「だから、悪の目利きであるといったであろう。つまりは、悪を退治するのが目的でな。だが、ここまで話を聞いたら最後までその謎を知りたいと思うのは、人間の性《さが》である」

だから最後まで教えろ、と千太郎はにやついた。

そこに女の格好をした徳之助がそばによってきた。

「なんだてめぇは」

おかしな侍に、女の格好をした町人が並んでいる。

蔵増は勝手が違うぜ、という顔つきで、

「なんだ、てめぇは。またおかしな奴が出てきやがって」

「いい加減に、黙ってお縄を受けろ」

徳之助が面倒くさそうに叫んだ。

「てめぇは町方《まちかた》かい」

「そんな馬鹿なもんじゃねぇやい。この人の弟子だ」

千太郎を指さした。

「目利きの弟子だ。言葉に気をつけろよ」

「……意味がわからねぇ連中だぜ」

蔵増は、あきれ返っている。

「そろそろ終わりにしようか」

普段と変わらぬ言葉使いで千太郎が呟いた。

へぇ、と徳之助が答えた。

蔵増だけが、棒立ちになっていた。

それからはあっという間だった。蔵増は自分がなにをされたのかわからぬまま倒れ込んでしまったことであろう。

千太郎が、すうっと前に進んで、ちょいと鳩尾《みぞおち》に手を伸ばしただけである。たったそれだけで、蔵増の体はその場に沈み込んでしまった。それを見た平四郎と弥市がふたりのそばにすっ飛んできたのである。

七

蔵増を捕縛したその翌日。

例によって、片岡屋の離れである。

蔵増を捕縛して、謎が解けたと弥市が話をしているところである。

「結局どういうことだったんです？」

由布姫が、お茶を運んできた。

「へぇ、まぁ話を聞いてみると大したことではねぇんですがねぇ」

蔵増が弁次たちと盗人を始めたのは、五年前からだったが、三年前、どじを踏んでひとりが捕まった。

そのとき、蔵増はいままで貯めていた金の在処を描いた絵図面を、弁次に預けたというのである。

弁次に預けたのは、自分が先に捕まってしまうと考えていたからだという。じつは、蔵増にはある惚れた女がいて、自分が捕縛されたらその金をその女のところに持って行って欲しい、というのだった。

弁次は、最初は約束を守ろうとしていたらしいが、そのうち他人の女のために、みすみす金の在処がわかっているのに、指を咥《くわ》えたまま見ているのが嫌になったらしい。身を隠していた蔵増が江戸に戻ってきて、弁次を探したら、絵図面を失くしたとほざいた。そんな話を信じることはできない。

蔵増は、ある日弁次がいつもと違う行動を取るのを知り、尾行してみた。

「それがあの提灯事件でさぁ。わざと提灯がつけていることを弁次に知られたほうがいいと踏んでいたらしいです。そうすると恐ろしくなって、本当のことを答えると思ったと蔵増はいってました」

「殺したのは？」

由布姫が訊いた。

「あのとき、弁次が提灯に向かって行ったからだそうです。そばにいた長吉が見ていたのは、提灯が逃げたところだったんでさぁ」

まさか弁次が襲ってくるとは思っていなかった、と蔵増は苦笑していたらしい。弁次はそれほど度胸のある男ではなかったからだともいうが、江戸を離れている間に、弁次も人が変わっていたのだろう。

「まさかと思っていた弁次に襲われて、思わず相手になった。脇差で刺してしまったのだが、そばに長吉がいたから死体を検めることもできなかったらしいです」

なるほど、と千太郎と由布姫は頷いている。

「だから、死体を掘り起こしていたんですね」

「襟に絵図面を縫いつけてあることは予《あらかじ》め知っていたらしいですからねぇ」

「それなら、最初から襟を狙っていたほうがよかったのではありませんかねぇ」

由布姫の疑問はもっともである。

「まぁ、以前は仲間だった野郎を殺したくはねぇと思っていたというんですが……」

真意はわからねぇ、と弥市は答えた。

「金の在処はわかったのですか？」

由布姫が問うと、弁次の塒が判明したので、これから調べるために波平さんが調べに行っているところだ、と弥市は答えた。

「しかし、提灯が殺しをやったなどとわけのわからねぇ話も、落ちを聞いてみると箇単なことですぜ」

ふんと鼻で弥市が笑っている。

「だからいつもいうておるではないか、この世に不思議なことなどなにもないのだよ」

「いえ、ありますよ」

千太郎が、呵々と笑うと、
由布姫が、真剣な顔をしている。

「おや、それはなにかな？」

まじめな目つきで問う千太郎に、

「それは……」

「それは？」

「あなたさま、千太郎さまですよ」

「はん？」

その答えに、弥市はやんやと手を叩いて、

「ちげぇねぇや！」

弥市の大笑いと、由布姫の忍び笑いが秋空に流れていく。

第二話　筆の復讐

一

秋は次第に深まっている。

道灌山では虫聴きの会が頻繁《ひんぱん》に開かれているようだ。

さらに、紅葉狩りにも出かける町民たちも多く、さながら春の花見と見間違うような提重《さげじゅう》を持ったり、貧乏徳利を持って歩き回る連中もいた。

ここ、上野山下にある片岡屋でも、由布姫が千太郎を促している。

「道灌山で虫聴きを楽しみましょう」

ひがな一日、縁側でじっと座って、庭の草木を目で楽しむだけでは面白くない、といいたいらしい。

しかし、千太郎は、ふむ、とか、ほい、とかまともな返事はなく、腰を上げる気はなさそうだった。

「そんな返事を続けていては、また治右衛門さんに、仕事をしろと文句をいわれてしまいますよ」

「ふうむ」

近頃、千太郎は目利きの仕事をないがしろにしているのだ。

あまりにも千太郎が怠惰なため、由布姫は外に連れ出そうとしているのだが、

「いかがしたのですか？」

近頃は、あまりやる気が見られない、と由布姫は問いかけるが、

「いや、なに、なんでもない」

いつも似たような返事が返ってくる。

どこか体で悪いところでもあるのではないか、と由布姫は心配するのだが、そのような兆候《ちょうこう》はない。

だが、確実になにか考えている。それもあまり楽しいことではないだろう。

今日は、しっかり答えてもらいます、と由布姫は縁側でぼんやりしている千太郎の前に回った。

「お応えください」

「はん？」

「いつまで、子どもみたいに拗《す》ねているのです」

「すねてなどおりませんぞ」

「近頃ではほとんど、戯言《ざれごと》もありません」

「姫……」

いきなり、目が据《す》わった。

「はい？」

驚いて由布姫はかすかに腰を引くと、

「私は姫が好きですぞ」

「…………」

「いかぬかな？」

「そんなことを聞きたくて、ここにいるわけではありません」

「おや、では、私のことは嫌いか」

「まさか」

「であろう？」

それでいいではないか、と千太郎は煙に巻いてしまう。

「ですから、そんなことでごまかしてはいけません、と申しておるのです」

「これはしたり」

「なにがありました？」

「……なにもないが？」

「では、気になっていることがあるはずです」

「ほう」

「そんな惚《とぼ》けた顔をして、私を騙そうとしてもだめです」

「ふむ」

「あぁ……」

いきなり由布姫がその場にへたり込んで、

「私ではいけないことなのですね。私では力不足なのですね。あぁ、私はお払い箱になるのですね……」

「な、なにをいうておるのだ」

「そうではありませんか」

「なにが」

「きちんとお話をしてくれぬから、こんなに私は傷ついているのです」

「むむむ」

由布姫の芝居だとはわかっていても、そこまで大芝居を演じられたらさすがの千太郎も、困り顔になるしかない。

「ほら、やはり私はお払い箱なのです」

「なにをいうておるのですか」

「では、きちんと質問にお答えください」

仕方がない、と千太郎はぽつぽつと語りだした。

「芝浦《しばうら》の権蔵《ごんぞう》が獄門《ごくもん》になりました」

そういって、弥市がいつものようにやって来たのは、三日前のことである。

「芝浦の権蔵？」

「へぇ、これがまた小狡《こづる》いやつでして。生まれが芝浦だというところからそんな二ツ《ふたつ》名《な》がついています」

弥市が説明するには、もとは金を盗むだけの盗人だった。それもほとんど小さな商いしかやっていない店を狙って、盗む金子《きんす》も五両とか八両。

十両盗めば獄門ということもあるのだろう、けちな泥棒だったという。

ところがあるとき、いきなりその額が大きくなってしまった。

両国の呉服商、高木屋《たかぎや》を襲ったときだけ、三百両盗まれた、という届け出があったというのである。

「それはまた、突然であるな」

「へぇ、あっしではなく、藪方《やぶかた》さんが調べに当たったんですがね」

「ほう」

藪方というのは、近頃、波村平四郎を目の敵《かたき》にしているという見廻り同心である。

「店主の留三郎《とめさぶろう》という男がいうには、盗みに入られたのは、深夜子《ね》の刻《こく》あたり。大戸《おおと》を破って入ってきたというんですが、どうも話を聞いていると、はっきりしねぇところが多かったと波平さんは当時首を傾《かし》げていましたが」

「というと？」

「へぇ、権蔵という盗人は、いわばこそ泥ですからねぇ。三百両も盗むということは腑《ふ》に落ちないんでさぁ」

「どういうことだ？」

「第一に不思議なのは、盗みに入ったといわれる権蔵自身が高木屋から三百両も盗んじゃいねぇ、と答えているんです」

「ふむ」

千太郎は、よくわからん、と呟く。

「へぇ、よくわからねぇ話なんです」

「つまりはこうか。高木屋に権蔵が盗みに入って、そのとき三百両を盗ったとされた。だが、本人はそんな金額は盗んでいない、と申しておると？」

「まぁ、そんなところです。藪方さんの調べによると、金子は権蔵の家の押入れに隠されていた、というんですがね」

「これは異なこと」

千太郎が腕を組むと、

「でげしょう？」

弥市も一緒になって腕を組んだ。

「で、その権蔵が獄門になったということだな」

「へぇ」

弥市は頷きながら、藪方さんがしっかり調べねぇからこんな、すっきりしねぇ気分が続くんでさぁ」

千太郎が話し終わると、由布姫ははぁ、と大きくため息をつく。

「それはおかしな話ですねぇ」

権蔵はやっていないという。だけど、捕縛した藪方は権蔵以外誰がやったというのだとけんもほろろ。そして、最後は獄門になってしまった。

いくらなんでも藪方さんは強引過ぎたのではないか、と由布姫はいいたそうである。

そこになにかの作為が働いていたとしたら……

「とんでもないことではありませんか」

藪方はもともとまじめに働くような同心ではない。

それをいいことに、高木屋が利用したとしたら……。

「利用とは？」

千太郎の疑問に、由布姫が問いかける。

「たとえば、三百両を盗んだのは店内の者であったとしたら、どうだ」

「もしそうだとしたら、店の信用ががた落ちになってしまいます」

「それを避けたということも考えられる」

「権蔵はそのとばっちりを受けたと？」

「そう考えたら、平仄《ひょうそく》が合う」

確かにそうだ、と由布姫も頷いた。

「権蔵には親兄弟はいなかったのでしょうか？」

もしいたら、並大抵の悲しみではないだろう、と由布姫は目を伏せた。

「獄門はいかぬなぁ」

「見込み違いがあるからですか？」

「間違って殺されてしまうという事件がこれからもないとは限らぬ。無罪で殺されてしまう者がこれから出てくるだろう」

「それは困ります」

「国許では……」

三万五千石、稲月家ではそのようなことがないようにしたい、と暗《あん》に千太郎はいっているのだった。

二

だが、問題はそこで終わったわけではなかった。

「なんだって？」

弥市が、下《した》っ引《ぴ》きから声をかけられたのは、千太郎が由布姫と深刻な会話を交わした日から二日過ぎたときだった。

「権蔵が生き返った？」

まさか、という目つきで下っ引の顔を見つめる。

この下っ引きは、藪方の手下で島次《しまじ》という男だ。今年十九歳になるとかで、元気溢れる男である。

島次は、藪方の手下なのに、近頃なぜか弥市にいろいろ話しかけてくる。藪方よりは弥市のほうが事件に関しては話し甲斐《がい》があると踏んでいるような節《ふし》があった。

そのために今回も、そんな内輪《うちわ》話を教えてくれたらしい。

「これはまだ誰も知らねぇ話です」

神妙な顔つきで島次は語りかける。

「あの野郎は獄門にかかったんだろう」

「へぇ、そうなんですがねぇ」

さも大変なことが起きているような顔つきで、島次は、懐手《ふところで》になりながら、

「藪方さんには外に漏《も》らすな、といわれているのですが……」

「そんな大事な話を俺にしてもいいのかい」

「弥市親分なら」

にっと歯茎《はぐき》の見えるほど口を開いた。

「で、どういうことなんだい」

島次がいうには、高木屋がまた盗人に襲われたという。

権蔵が獄門になってからすぐのことだったらしい。

「高木屋が？」

「ね、変でしょう」

「それだけじゃ、たまたまということかもしれねえ」

「ですがね、置き手紙があったんでさぁ」

「置き手紙？」

「へぇ……どんな置き手紙だと思います？」

「ばかやろう、わかるわけねぇだろう」

「そうですかい。じつは……」

置き手紙の内容は、恨《うら》んでやる、という言葉だったという。

「恨んでやる？」

「どうです？　権蔵がいいそうな言葉じゃありませんか」

「ばかやろう、そんな科白《せりふ》は誰だって書くだろう」

「それが、そうじゃねぇんでさぁ」

その書き手筋は、権蔵が書いたとしか思えなかったというのだ。

「藪方さんと、権蔵が塒《ねぐら》にしていた長屋の連中に見せたら、まさしく権蔵の手によるものだ、と答えが出たんですよ」

権蔵の住まいは、神田《かんだ》、須田町《すだちょう》の長屋だった。そこには十年以上住んでいたというから、長屋のみんなは権蔵の手筋を見て知っている。

長屋の評判では、権蔵は文を書くのが趣味のようなところがあって、いつもなにか書いていたという。

長屋の権蔵は、慎《つつ》ましい生活をしていたという。

「まさかこそ泥だったとは……」

となりに住んでいた大工は、獄門になったとき、天地がひっくり返るほど驚いたという。それだけ権蔵の暮らしは目立ちはしなかったのだろう。

もっとも盗人生活をしていたのだから、目立つ生活を避けていたのは当然の話でもある。

「それにしても、権蔵は、普段から書き物をしていたというが、どんなものを書いていたのか」という弥市の問《とい》に、

「いや、近所の手習いの師匠から頼まれましてね」

「ほう、そんな上手《じょうず》だったのかい」

「いえ、おそらくもとは武士じゃなかったかというので」

「字をよく知っていたと？」

「まぁ、そんなところです」

ううむ、と千太郎のような唸り方をしながら弥市は、考え込む。

「じゃ、高木屋に押し入って残していった置き手紙が権蔵だというのかい」

「間違いありません」

だから生き返ったのではないか、と島次はいうのだった。

「ひょっとしたら獄門にかかっていなかったとか？」

そんなことがあるわけねぇ、と弥市は反論した。

「役人立会《たちあい》なんだ。死んでねぇままにするわけがねぇだろう」

「じゃぁ、化けて出てきたんだ」

「ばかなことというな」

この世に不思議なことなどねぇよ、と千太郎の口癖《くちぐせ》を真似《まね》る。

「じゃ、他のどんなことが考えられますかねぇ？」

権蔵が生き返ったという説をあっさり跳ね返されて、島次はふくれっ面をしている。

「第一は、誰かが権蔵の身代わりになって恨みを晴らしているんだ」

「ははぁ。ふたつ目は？」

「……何かの拍子に生き返った」

「でげしょう？」

「それはねえんだよ！」

思わず、弥市は怒鳴ってしまった。

獄門になった者が、生き返ってしまったとなれば奉行所の権威は落ちてしまう。弥市としては、そんなことを認めるわけにいかないのだ。

こんなとき、千太郎ならどんなふうにいうだろうか、ふと考えた。

こうなったら、千太郎に相談するのが一番はやい。

弥市は、島次と離れて山下の片岡屋に脚を向けた。

昼下がりの山下は、道端に咲く秋の花の匂いがあちこちから風に運ばれて漂っている。

普段は、風流などとは関わりのない弥市でも、秋になるともの寂しくなるらしい。今回は獄門になった権蔵という男がどこか哀れに感じているせいかもしれない。

片岡屋では、近頃では珍しく千太郎が帳場に出ていた。

帳面付けは治右衛門が見ているのだが、目利きのために店前に出ているのだ。

いつもはへらへらしている千太郎も、目利きの仕事をしているときは、真剣な顔つきで持ち込まれた品物を睨んでいる。

弥市が訪ねるときは、裏庭から入って行く。

店に出ている千太郎には気がつかずに、庭の枝折り戸《しおど》を開いた。

いつもは縁側に寝転がったり、ブラブラと足を伸ばしている千太郎の姿が今日は見えない。

それだけではない、いつも来ている雪の顔もなかった。

「おんやぁ？」

珍しいこともある、と弥市は周囲を見回す。

庭にもいない。ひょっとして千太郎のことだから、大きな柿の木の後ろにでも隠れているのではないかと勘ぐってみたが、そんなことはなかった。

そこに庭掃除に、店の若い者が来たので、

「千太郎さんは？」

「店に出ていますよ」

「……雨が降るな」

若い者は、はははと笑いながら、

「そろそろ飽きて戻ってくる頃だと思います」

と答えた。

じゃ、ちょっと待っているか、と弥市はいつも千太郎が寝転がっている場所に、

「どんな気持ちになるのか、試してみるべぇ」

そういって、同じ格好をしてみた。

「ほう……」

横になると、当たり前だが、いままでとはまったく異なった景色が目に入ってくる。いつも見ている光景とは違うのだ。

「千太郎の旦那はいつもこんな景色を見ているから、あんな意味不明の、普通なら気がつかないような策が浮かんでくるのかい？」

ひとりごちていると、

「親分、そんな格好をしていると牛になるぞ」

「おっとっと」

千太郎の声に慌てて弥市は飛び起きた。十手が庭に転がり落ちた。

すぐさま拾いながら、

「旦那、とんでもねぇことが起きました！」

「親分が落ちたことか？」

「違いまさぁ。一度死んだ人間が生き返ったって話ですよ」

腰を揉みながら弥市は、よいしょと縁側に足をかけると、

「あぁ、驚いた」

ようやく縁側に上がって千太郎の前に座った。

後から傍にやって来た由布姫が、なにをしているのか、と弥市に目で問う。

「いやいや、あの……」

要領の得ない返答に、千太郎が親分はそこから落ちたのだ、と笑って説明した。

まぁ、と驚き顔で由布姫が縁側から下を覗いて、

「なにか壊しませんでしたか？」

「はぁ？　雪さんまで、それはねぇわ」

ふたりは、顔を見合わせて顔を綻《ほころ》ばせる。

「まぁ、そんなことはどうでもいいんです」

例の話の続きを持ってきた、と弥市は顔を曇らせると、千太郎は、例の話とは権蔵のことか、と訊いた。

「へぇ、そうです」

「権蔵の亡霊が出たとでも？」

「そのとおりです」

今度は、人を脅しやがった、と毒づく。

「なんだって？」

千太郎も驚きを隠せない。

「脅されたとはどういうことか？」

「へぇ、高木屋の留三郎ではなくて、その店に勤めている若い手代なんですがね。両《りょう》国《ごく》の広小路《ひろこうじ》を歩いているときに、いきなり後ろから蹴飛ばされたといいます。そのおかげで、首が痛くなったというんでさぁ」

こそ泥の権蔵がやりそうなことだ、と弥市はいった。

「そのときに、やはり、恨んでやるという叫び声が聞こえたといいます。だけど、不思議なことにこの話は、奉行所内では藪方さんしか知らねぇ話なんです」

「それを親分はどうして知っている」

「藪方さんの手下、島次に聞きました」

　恨みの置き手紙くらいなら、大したことはないだろう、と踏んでいた千太郎である。

誰か権蔵に近い者が成りすまして事件を起こしたと考えていたのだが、

「面妖《めんよう》な」

「でしょう」

「だが、権蔵の仕業だとどうして判明したのだ」

「へぇ、蹴飛ばされた後で見ると、例の置き手紙と一緒に、なんと権蔵が常に持っていたあるものが落ちていたんでさぁ」

「あるものとは？」

　手習いの手本を書いているときに使っていた、筆だというのである。

「ほう。だがそんなものは誰か仲間かあるいは、親戚の者でも持ち出すことができるのではないか」

　しごくまっとうな疑問です、と弥市は頷きながら、

「でもねぇ、獄門にかかったときに、権蔵がそれを持ったまま死んだとしたらどうで

す？」

はて、と千太郎は首を傾げた。

「持って死んだとはどういうことだ」

「獄門にかかるときに、野郎はその筆を握ったまま死んだんでさぁ」

その筆は、死体を片付けるときに非人たちが一緒に埋めたというのである。

「ですから、そんなもの残っているわけがねぇ……」

怖そうに首をすくめながら、弥市は説明をした。

「ふむ、面妖な」

由布姫もそこまで聞いて、さすがに背筋が冷たくなったらしい。

「なんだか、本当にその権蔵という人が蘇《よみがえ》ったような話ですねぇ」

「まさか、雪さんまでそんな話を信じてはいかぬなぁ」

千太郎が、嫌そうな顔をした。

「しかし」

「なに、まずは死体がいまどこにあるのか、それを調べたらいいのではないか。そうしたら生き返っているのか、どうかがわかるであろう？」

そうですねぇ、と弥市は首をすくめたままであった。

「その前に、藪方という同心に話を聞いてみたいな」

では、波平の旦那に伝えてみます、と弥市は答えた。

三

藪方と会いたい、と千太郎に頼まれた波村平四郎は、ふたりを会わせる算段をした。

千太郎が奴に会いたいと言い出した理由は、弥市から聞いた。

権蔵が生き返ったという話に、千太郎が腰を上げたというのである。

権蔵が三百両を本当に盗んだのか、そのときの話を聞いてみたいのだろう。

藪方は、見廻りもあまりまともにやらず、日がな一日茶屋などで油を売っているような同心である。

与力のなかには、叱責する上司もいたのだが、一向に変わろうとしない。

せめて事件のときくらい、張り切ってくれるのならいいのだが、権蔵のときのように、適当な答えを出して、後は知らぬ顔を決め込んでいる。

高木屋のときも、本当に権蔵がやったことなのか、それをきちんと調べていたら、獄門にもならなかっただろうし、生き返って復讐をやり始めたなどというようなとんでもない事件が起きることもなかったはずだ。

「高木屋の事件に今度の謎が隠されている」

そう平四郎は考えているらしい。

千太郎と藪方の会合は、浅草広小路の料理屋、巴屋《ともえや》で開かれることになった。

藪方は最初、山下の目利きなどと会う気はない、と断ってきたのだが、

「なにか手柄に通じることかもしれませんよ」

その言葉を聞くと態度が変わったのである。

普通に考えたら、山下の目利きが弥市と探索に歩いていることはよく知られている話である。それなのに、自分の手柄になると聞かされてその気になるというのは、余程の脳天気なのか、ばかなのか。

平四郎は、藪方をよくわからん男だ、とかえって不気味に感じるほどだった。

巴屋には、弥市と島次が一緒だった。

島次の顔を見て、藪方はなんのために来たのだ、という顔をしている。あまり自分の手下という思いはないのかもしれない。

そんなつれない態度にも島次は、へぇとていねいに挨拶を返しながら、

「今日は、お呼びいただいてありがとさんです」

弥市におじぎをした。

「なに、おめぇさんがいたほうが話がはっきりわかることもあると思ってな」

「そうですか」

ふたりの会話にも、藪方は興味がなさそうに鼻の頭などをかいている。

「さっそくだが……」

千太郎は、自分の名前と目利きであるという自己紹介を終えると、

「ところで……」

いつもとは打って変わって、しごくていねいな態度で問いかけた。

本当に権蔵が三百両を盗んだのか、それを訊きたいというのだ。

それに対する藪方の返答は、

「どうしていまごろになってそんなことを蒸《む》し返すのだ？」

なにか目的でもあるのか、と問いたいらしい。

弥市が口を挟もうと体を揺すると、千太郎はそれを制して、

「権蔵がやったという証拠があがったのですかな？」

「そんなことはどうでもよい。高木屋の主人と用心棒が、押し込んできたのは権蔵だったと証言をした、それだけでいいではないか。顔も見ておる」

「顔を見たのは?」

「主人と用心棒だけだ」

不機嫌に答える藪方だが、千太郎は手を緩《ゆる》めない。

「では、権蔵が三百両を持っていたのであろうか?」

「そうではない」

「はて、というと?」

「用心棒が権蔵を捕まえて、連れてきたのだ」

「そのとき、権蔵はなんと?」

「そんなことはしておらぬと暴れて叫んでいたような気がするが、忘れた」

ううむ、と唸ったのは千太郎だが、弥市も同時だった。

なにやら、ギリギリという音が聞こえてきたと思ったら、島次が歯ぎしりをしている音だった。

そんな表情の島次を見ても、藪方はしれっとしたままであった。

藪方の話からは、権蔵が三百両を盗んだ、という証拠はまるでないことになる。ただ、高木屋の主人と用心棒の言葉が決め手になったのだろうが、それだけでは不十分である。

藪方はそれだけで権蔵を獄門に送ってしまったことになる。

「それにしても、どうして高木屋の主人と用心棒は、権蔵のことを知っていたのだろう？」

権蔵のいうとおり、押し込んでいないとしたら、ふたりはどこから権蔵を連れてきたのか？

その疑問に、島次が答えた。

「あっしが、高木屋の留三郎と、用心棒の小山田健吾《おやまだけんご》というふたりに訊いたときは、以前、なにやら高木屋に因縁をつけてきた、といってました。だからその腹いせで押し込んできたのではないか、というのがふたりの言い分でしたねぇ」

それなら、ある程度の平仄は合う。

だが、千太郎は腕を組んだまま、三百両の行方はどうしたか、と藪方に訊いた。

「権蔵の家を探ってみたら、押入れに隠してあったのだ」

「ううむ」

そこまで揃ってしまっていては、捕縛するのも致し方ないではないか、と藪方は不機嫌な声を出した。

その言に、島次がなにかいいたそうな目つきで弥市に目線を飛ばしていたが、弥市は、いまは待てと目で返事を返した。

そのやり取りを千太郎は、気がついていたらしい。

「島次。なにかいいたいことがありそうだが？」

「……いえ」

「いまのうち、なんなりといっておいたほうがいいぞ」

「へぇ、まぁ、あの押入れに入っていた三百両も、どこか胡散臭《うさんくさ》い匂いがしてまして」

「どういうことだ」

「あのとき、押入れに顔を突っ込んでいたのは、用心棒の小山田という浪人でした。じつは、先にあっしが押入れは検《あらた》めていたんです」

「そのときはなかったと？」

「へぇ。そのとおりで。見逃したとは思えません。押入れとはいえ、ほとんどなにも入っていなかったのですから」

ひょっとしたら、自分が検めたあとに、用心棒が置いたのではないか、といいたいらしい。

これまでの話を総合すると、藪方の調べはやはり穴があったとしかいいようがない。

　千太郎の顔を見ると、今後の方針を考えているような雰囲気だった。弥市は、次の言葉を待っていたが、

「話がどん詰まりになっていますなぁ、今日のところはこのへんで」

　波平の言葉が、そろそろ潮時《しおどき》だと告げていた。

　憮然《ぶぜん》とした顔つきで、藪方は立ち上がって、島次に一緒に帰ろうと促した。

　島次はもう少しこの方たちと話をしてみたい、といって立とうとしない。

「勝手にしろ」

　吐き捨てて藪方は帰っていった。

　しんとした空気がその場に流れている。

　外から、飴《あめ》売りの声が聞こえてくるのが、場違いであった。

　それまで真剣に話し合っていたからだろう、外の声はいっさい聞こえてこなかったのだ。耳を澄ますと、秋の虫の音《ね》がかすかに聞こえている。

「秋だなぁ」

　千太郎が、取ってつけたようないいかたをした。

「そうですねぇ」

　波平も同じように、のんびりした声を出して、千太郎に応対している。

弥市と島次はそんなふたりの態度に、ため息でもつきたそうにしている。特に島次は若いからだろう、十手を取り出すと、肩をトントンと叩き続けたり、手でぐりぐり捻ったり、ゆらゆらさせたりと落ち着きがない。

そんな島次の落ち着きのなさは、自分が手札をもらっている藪方の行動に対する怒りだと弥市は気がついている。

「島の字……そんなにいらいらするな」

「でも、親分」

まぁ、待てと弥市は若い島次を諭した。

「ところで、旦那……これからどうします？」

弥市の問いに、千太郎はふむと組んでいた腕を解いて、

「島次といったな」

「へぇ……」

「お前は、ちと高木屋を調べて欲しい。三百両が本当に盗まれたのか、それとも狂《きよう》言《げん》だったのか、それをはっきりさせたい。狂言だとしたら、どうして権蔵を人身御供《ひとみごくう》にするような真似をしなければならなかったのか、それが知りたい」

「合点《がってん》！」

まともな指示を受けたことがないのか、島次の目つきが変わった。

四

由布姫に誘われた虫聴きに行ってみようと千太郎は、弥市とともに道灌山に登った。山といってもそれほど高い山ではない。丘といったほうがいいだろう。

左右が切通《きりどお》しになった狭い道を通らねばならない。そこを過ぎると、原っぱのようなところに出て、虫聴きを目当てにした床店《とこみせ》などが出ている。

崖をうまく活用した店もあり、なかなかの賑いぶりである。

「こんなに大勢の人が出ているとは知りませんでした」

由布姫が、酌《しゃく》女《おんな》までいるような店造りに驚いている。

酒が出て、艶やかな女がいるのだ。三味線まで弾いている女が見えていた。

「虫の音が目当てなのか、女たちと一緒に飲むのが目当てなのかわかりませんや」

弥市も苦笑している。

それでも、崖っぷちに造られた店には大店の主人らしい男や、職人ふうの半纏《はんてん》を着た男たちなどが、夕方だというのに赤い顔をしてたむろしている。

「虫の音がこれで聴こえるのでしょうか」

「まぁ、その気になればどんなところからでも聴こえるものであろうよ」

千太郎は、崖っぷちから少し離れた広場のような場所に造られた小さな店に入った。

「こちらのほうが、よく聞こえてきそうな気がする」

そういって、その店を選んだのだった。

と、店の前を見知った男の顔が通りすぎた。

「あれは、島次ですぜ」

弥市が驚いている。

島次は、千太郎の顔を見ると、ひょいと目で挨拶をして通り過ぎていった。

「あれ？　旦那は島次がここを通ることを知っていたような？」

「じつはな、先日、連絡が来て今日、高木屋が道灌山に来ると聞いていたのだ」

「なんです？　私のためではなかったのですか」

由布姫ががっかりする。

「いや、最初から高木屋が来ると知っていたわけではない」

島次からの連絡が、たまたま同時になっただけだ、と千太郎は言い訳をしたが、どこまで本当のことかと由布姫はまともに聞こうとしない。

「いやいや、雪さん。それは困る、へそを曲げられたら虫も鳴かなくなってしまう」

あわてる千太郎だが、一度へそを曲げてしまった由布姫は、ふんと顔を横に向けている。

「まぁまぁ、雪さん。この際ですから」

弥市が助け舟を出すが、

「なにがこの際なんですか」

「あらら、あっしまでとばっちりを受けてしまいましたぜ」

その言葉にようやく由布姫も笑顔を戻した。

「まぁ、よろしいでしょう。親分の顔を立てておきましょう」

「それは重畳《ちょうじょう》」

千太郎が嬉しそうにすると、

「千太郎さんは、まだ許したわけではありません」

「これはしたり」

ごちゃごちゃとやっていると、島次がそっと店のなかに入って寄ってきた。

「旦那……」

周囲をはばかるような目つきで、小さく声をかける。

どうした、という千太郎の問に島次は、高木屋をどうするかと訊いた。

「ここで、いろいろ聞き出すこともできそうですが」

「そうか、ならば」

千太郎は立ち上がって、島次に高木屋のいるところまで案内するように命じた。

高木屋の留三郎は、痩せ型の男だった。話を聞いていたときには、もっとでっぷりとした嫌な男のように聞こえていたから、千太郎は予測が外れたといいながら、

「いい男だな」

いきなり高木屋の前に座ると、声をかけた。

突然、目の前に座った千太郎に、高木屋は目を細めて、何者だという顔をしたが、すぐ破顔して、

「おやおや、すでに酔っ払っている方がいるようですねぇ」

「まだ素面《しらふ》だ。心配はいらぬ」

「別に心配はしておりませんが、そちら様は?」

如才《じよさい》のない応対である。大店《おおだな》の主人ともなると、大抵のことでは驚かないらしい。

「高木屋の留三郎だな」

「お見知り置きを」

「ふむ……三百両はどうなっておるのだ？」

「はて……なんのことでございましょうか？　それにそちら様は？　町方の方とも見えませんが」

「なに、山下の目利きでな。近頃は悪の目利きもしておる」

「は、はぁ……」

なにやら思うところがあるのか、何度も頷いている。

「山下の目利きさんのことなら、何回か聞いたことがあります」

あなたさまですか、と高木屋は動じる気配はない。

となりに座っている浪人が、用心棒の小山田健吾だろう。

これも剣呑《けんのん》さとはまるでかけ離れた雰囲気である。目と目が離れているせいか、まるで緊張感を感じさせない。

それでも、ときどき千太郎を見つめる目には、鋭さが隠れている。

「三百両とはどんな話でございましょうか？」

なにか目利きと関わりのあることか、と高木屋は目を細めた。

「権蔵という男のことを訊きたいのだが」

その名前を聞いた途端、留三郎は、びくりとしたようであった。すぐとなりの小山

田と目を合わせてから、

「なにか、今日はケチがついたようですなぁ」

そういうと、立ち上がって、座っている千太郎を上から見下ろした。

「今日は興が乗りませんので、これで失礼致します」

「おやおや、虫聴きはこれからではないか」

その場から立ち去ろうとする留三郎に後ろから声をかけたが、返事もなく店から出て行ってしまった。

「島次、つけろ。会話をしっかり聞いておけ」

それまで、千太郎とは離れたところにいた島次は、へぇと頭を下げて静かにその場から離れていった。

「どうしたんです、高木屋さんは？」

元の場所に戻ると、由布姫が心配そうに訊いた。

「なに、島次が後を追っていった。権蔵の名を出したら、いきなり帰るといいだしたのだ」

「それは、おかしな話ですぜ」

弥市が、持っていた盃を下ろしながらいった。

「なんだ、親分はすでに飲み始めていたのか」

苦笑しながら訊くと弥市はそうではありませんや、こうやって形だけでも遊びに来ているると見せかけないと周囲から不思議がられるからだ、と言い訳をする。

「わはは、それもそうだな」

千太郎も、杯を手にして、

「まぁ、今日は楽しもうではないか」

そういって、由布姫に酌をしてくれと手を差し出した。


高木屋を尾行している島次は、自分の姿がばれないように離れながら歩いていた。

道灌山から、いまは日暮しの里に入っている。

虫聴きのため、道灌山に行く客を目当てにした縄のれんの提灯が揺れている。

留三郎と小山田は、そのなかの提灯が二個ぶら下がっている店に入っていった。

島次も、ふたりに顔が見つからないように、なかに入っていった。

普段からあまり藪方とは一緒に歩いていない。そのために、町方だと顔はばれていないはずだ。

一度道灌山ですれ違っているが、ふたりはまったく島次には目もくれなかったことでも、それはわかる。

店のなかは、土間をぐるりと取り囲むように座敷が作られていた。

客たちは、思い思いに座敷に座って、飲み食いをしていた。

留三郎たちは、座敷の角に座った。

周りに話し声を聞かれたくないのだろう。島次は少しふたりから後ろになる場所を選んで座った。

ひとりは目立つかと思ったが、ひとり客はけっこういるので、気にするほどではない。

「さっきは驚いたぞ」

先に話しかけたのは、浪人のほうだった。

「まさか、権蔵の名が出てくるとは……」

留三郎の声は沈んでいるので、なかなか聞き取りにくいが、なんとか意味を取ることはできそうだ。

「それにしても、権蔵が生き返ったとはどういうことですかねぇ」

小山田は、運ばれてきた徳利から、酒を注ぎながら、

「誰かが、権蔵の名を騙っていると思うのだが」

「しかし、あのことは権蔵しか知らぬはずだ」

「旦那も、本当に生き返ったと？」

「そうではない、そうではないが……」

生き返ったと思うしかないではないか、と囁く声が島次に聞こえる。

――高木屋になにか、まずいことが起きているらしい。

島次は心のなかで呟いた。

それからふたりは声をさらに低くしたために、なにを喋《しゃべ》っているのか、その内容を聞き取ることはできなかった。

五

千太郎は、死体を暴《あば》こうという。

「またですか？」

弥市が頭を抱える。

死体が埋められた場所を藪方に波平から確かめてもらうことにした。藪方に訊いても、どこに葬られたのか、知らぬという。だが、島次は知っていると教えてくれたのだ。

あの事件はどうも気持ちが悪かったので、自分なりに調べていた、という。藪方が聞いたら、折檻《せっかん》でも受けそうである。

そして、いま千太郎と弥市は、山下の外れにある、灯明寺《とうみょうじ》というところの奥にある無縁仏を葬っている場にいる。

「ここですね」

掘り出して調べてみた結果、権蔵の死骸はなかった。

「旦那……これは、権蔵ではありません……」

島次が体を震わせている。

「どういうことだ？」

弥市が、一歩退きながら呟いた。

住職に訊いてみると、運ばれてきたときと顔が違うというのである。

「そんなばかなことが」

島次は、呆然としている。

「秋の怪談だな、これは……」

千太郎は、腕を組みながら住職に訊いた。

「誰か、権蔵のところにお参りに来た者はいなかったか？」

だが、さぁと首を傾げるだけで、無縁仏に参拝するような人はいない、と答えるのだった。

「これは、やはり権蔵が蘇ったとしか思えませんぜ」

島次は、若いくせに本気でそんな話を信じているらしい。弥市はそんな馬鹿なことがあるものか、といいながらも、

「誰かがこの死体を移したか、それとも、本当に？」

千太郎は、誰かが移動させたのだと断言するのだが、弥市、島次のふたりは生き返りを信じるしかない、と思い始めている……。

今後どうするか弥市も島次も頭が回らずにいると、千太郎が指示を出した。

「よいか。こんなことで騙されてはいかんぞ」

「しかし」

島次は、心細そうな顔で千太郎を見た。

「まずは、権蔵と伝馬町《てんまちょう》で誰か仲が良かった者がおらぬか調べろ」

「そいつが、後を継いでいると？」

「それはわからぬ」

とにかく、権蔵と話をした者のなかに、怪しい者がおらぬかどうか調べろ、と千太郎はふたりをどやしつける。

「天下のご用聞きがそんなことでどうするか！」

背中でも叩きそうな勢いに、ふたりはようやくその気になったのか、

「わかりやした」

まずは、島次が十手を取り出して、びゅんと振った。

「まぁ、人が生き返るわけがねぇからな」

弥市も続いて、十手をぐいとしごいて、

「これから伝馬町に行ってきます」

島次に一緒に行くぞといって、その場から離れていった。

ひとりになった千太郎は、ふと足を止めて、空を見上げる。小雨が降ってきた。

「ふむ……誰かの涙雨《なみだあめ》か？」

それとも、なにかを示唆《しさ》しているのか、と独り言を言いながら、山下の片岡屋に戻っていく。

片岡屋に戻った千太郎は、目利きに力を入れることにした。権蔵の亡霊が恨みを晴らしている、などとそんな馬鹿なことはない。

だが、ついいままでの経緯を見ると、そんなあり得ないことが起きたのか、と千太郎でも考えてしまいそうになるからだった。

その頃、由布姫はひとりで行動を起こしていた。

近頃、千太郎は危険だからといって、自分を探索の仲間には入れてくれない、それが不服だったからであった。

「私も働きたいのです」

そういいながら、いま由布姫は高木屋の前に立っていたのである。

「ここですね」

間口《まぐち》は六間《けん》、大きな板看板が店の前にでていた。

秋雨が降り始めて、なかには雨宿りのついでといった顔つきで、店のなかに入ってきた娘たちも見えている。

由布姫は、そんな娘たちと一緒の顔をして、店に入り口の軽そうな手代はいないかと見回している。

「いらっしゃいませ」

二十歳を少し過ぎたと思える手代が由布姫の前に座った。

「なにかお探しでございますか？」

ていねいな言葉遣いである。しつけはきちんとおこなわれているようだ。

呉服店となれば、若い娘や女房たちが集まるところである。偉そうな物言いの店員は嫌われるからだろう。

「大島紬《おおしまつむぎ》はありますか？」

「もちろんでございます」

そういって、手代は由布姫の顔をじっと見つめていると、ふと破顔して、

「お嬢様には、黄八丈《きはちじょう》がお似合いかと思います」

今日の由布姫は、目立たぬようにと考え、落ち着いた梅幸茶《ばいこうちゃ》の小袖を着ていた。普段は黄八丈を着ることもあるので、その旨を伝えると、

「そうでございましょう。お嬢様は少し明るい色のほうがお似合いかと」

「そうですか……でも、今日は大島が見たいのです」

「はい、承知いたしました」

ちょっとお待ちください、といって奥へ引っ込んでいく。

同時に、由布姫はなにを思ったかすぅっとその場から離れて、手代が進んだ後ろを追いかけていった。

由布姫は、手代から離れて周辺を探ってみることにした。目的があるわけではない。ただ、高木屋には、なにか後ろ暗いことがあるのではないか、とかってに想像しているだけである。

店の端を進むと、狭い廊下に出る。もっと奥に行くと小さな部屋に出た。そこが倉庫になっているようであった。

千太郎にこんなことをしているとばれたら、大変なことになるだろう。しかし、高木屋は権蔵に襲われているのだ。いや、亡霊かもしれない。誰か身代わりになった者がやったことかもしれない。秘密があるに違いない。

由布姫は、そう自分に言い聞かせて、不審なところはないかと歩きまわってみた。手代の姿が見えなくなっている。

「お嬢様……」

後ろから手を摑まれた。

「あ……」

「こんなところでなにをしているんです？」

さっきとは違う顔がそこにいた。厳しい顔つきである。摑まれた腕はきつく握られている。

「痛いではありませんか」

「……これは失礼いたしました。でも、ここはお客様が来るようなところではありません」

「迷い込んでしまったのです」

男は、不審な目つきで由布姫を見つめていたが、あからさまに破顔して、そうでございましたかと答えた。

摑んでいた腕も離した。これ以上、詰問《きつもん》するのも大人げないとでも思ったのだろうか。

「出口はどちらです？」

「ご案内いたしましょう」

細い土廊下を歩かされると、すぐ裏の外に出た。こんな仕掛けになっていたのか、と由布姫は驚いた。

ただ、さっきの若い手代の後を歩いてきただけなのに、途中からおかしなところに入り込んでしまったらしい。

――この店にはなにかある……。

心のなかで、由布姫は叫んでいた。

店のなか全体がどこか怪しい雰囲気に包まれているのだ。

権蔵が狙ったのは、やはりなにかの目的があったからではないか、と推量する。

それがなにか、いまはわからない。だが、なにかおかしい……。

由布姫は、またのお越しをお待ちしています、という男の声を後ろに聞きながら、店から離れた。

しかし——。

その後ろを、ある若い男がつけている。

六

高木屋から離れていく由布姫をつける者がいた。

由布姫本人は気がついているのかどうか、いま両国橋を渡りきったところであった。

そこからくの字型に曲がったところを行くと、柳橋《やなぎばし》である。この界隈には近頃、高級な料理屋ができつつあり、人の流れも多い。

そこを過ぎてから、由布姫は神田川沿いを昌平橋《しょうへいばし》の方向へ登っていった。

山下とは反対の方向である。

由布姫は気がついていたのだ。

――尾行されている……。

高木屋から外に出たときから、後ろに剣呑《けんのん》な雰囲気を感じていたのであった。薙刀《なぎなた》と小太刀《こだち》の免許皆伝の由布姫だからこそ、感じることができたのだろう。

それに気がついて、わざと山下とは逆の方向へ進んで行くことにしたのである。

おそらく相手は、自分がどこに住んでいるのか、正体を確かめるための尾行だと、由布姫は推量した。

つまり、高木屋には後ろ暗いことがあるに違いない。でなければ、迷い込んだ女をつけるなど、ありえない。

由布姫は、後ろにはまったく気がついていないような素振りで、ときどき、柳原《やなぎわら》の土手に植えられている柳に手を伸ばしたり、道端に咲いている花の匂いを嗅いだりしながら進んだ。

左側には広い郡代《ぐんだい》屋敷が見えている。その周辺は八辻ガ原《やつじがはら》である。簡易な作りの古着屋が並んでいるところだ。

由布姫は、土手を下に降りていった。

神田川の流れがすぐ見える河原を歩いていくと、柳森《やなぎもり》神社にぶつかった。

小さな赤い鳥居が見える。由布姫は境内に入ってから、足を止めて振り返った。尾行してきた男がいるかどうか、確かめると、

「やはりいましたね」

呟きながら、地面を見回した。なにか小太刀の代わりになる小枝でも落ちてないかと探していると、

「お嬢さん……私に気がついていましたね」

「あなたがへたなのです」

「へっへへ。気の強いお嬢さんだ」

いかにも、乱暴者という雰囲気ではない。人を喰ったような顔つきで、由布姫の素性を探っているようであった。

目に険《けん》があり、いかにも喧嘩慣れをしているふうである。おそらく懐には匕首《あいくち》を呑んでいることだろう。

見た目、この程度の男なら負けるとは思えないが、由布姫はわざと怖そうな顔をしてみた。

「どうして私をつけてきたのです」

「おや？　いきなり弱っちい女を演じだしたな」

ばれていた。

「あら、そうですか」

「あんた、何者だい。その辺にいる娘っ子とはちょっと違っているなぁ。密偵のような匂いもねぇし……」

「そんなことを訊くということは、そちらにやましいことがあるということですね」

「なるほど」

語るに落ちたとはこのことか、と男は自嘲の笑いを見せる。なかなかの余裕だ。

由布姫も負けてはない。

「高木屋さんからなにか頼まれましたか？」

「ふん、そんなんじゃねえよ。まぁ、ここで話をするようなことじゃねぇからな」

男は、じりじりと由布姫に向かって進んで来ている。ただの喧嘩剣法ではなさそうだった。

——これは、強い……。

由布姫は、男の足捌《さば》きを見て内心、そう思った。ただの乱暴者ではない。といって、もと武士でもなさそうだ。武士ならもっと腰が決まっているはずである。やはり、喧嘩慣れと忍びのような動きだと見た。

「もとは忍びか？」

思い切って訊いてみた。

「忍び？　ははぁ……そういう連中を見たことがあるわけだ」

それだけの身分を持っているんだな、と男はにやけながら、さらに近づいてくる。

「どうして、私をつけてきたのです」

「そんなことは教えるわけにはいかねぇなぁ」

じりじりと動きながら、気がついたらわずか一間《けん》のところまで男は近づいていた。

由布姫は足場を確かめようと、足の指先に力を入れた。河原なので、なかなか足場が決まらない。そうこうしている間に、男は懐から匕首を取り出し、

「あんたは思っているより危険な相手らしい」

死んでもらうしかねぇなぁ、といいながら男は腰溜まりに匕首を構えた。

やはり、きちんとした剣術を受けているようには見えない。だが、強い……。

由布姫は、戦うよりは逃げるほうを選ぼうと思っている。

こんなところで戦って、怪我でも負ってしまったら屋敷から出ることができなくなるかもしれない。

そんなことになったら、片岡屋に行くこともできなくなる。千太郎にも会えない。

それは避けなければいけない。

男の動きが止まった。

「きえ!」

境内に怪鳥のような声が響いた。

男が由布姫目がけて飛び込んできたのだ。

あ!

思ってもいない動きだった。こんなとき普通なら、突きを入れてくるだろう。だが、男は突きではなく、一間近く飛んで由布姫の額を狙ってきたのである。

体を反転させて、横っ飛びに逃げた。

思わぬ由布姫の動きだったのだろうか、男は一瞬、目を見開いた。

「くそ……」

逃げられるとは思っていなかったらしい。

「やはり、あんたはただものじゃねぇ」

由布姫は答えない。こんなときに会話をすると、体力を消耗するからだ。

呼吸を整えながら、由布姫は小枝を前に突き出した。

懐には、懐剣が入っているが、それでは長さが足りない。拾った小枝を正面に伸ばして、片手で青眼《せいがん》の構えを取った。

「む……」

男の目に驚きが現れた。

「てめぇ……」

言葉遣いが変わった。それだけ焦りを覚えているということだろう。その焦りを由布姫は利用した。

素早く体を反転すると、

「逃げます」

わざと宣言をして、相手の気持ちをはぐらかす。

男は、きっと目を見開いたまま由布姫の動きを追っている。

いつの間にか、男の額には、小枝で打たれた傷がついて、血が流れ落ちていた。

「この借りは必ず返すぜ」

「貸した覚えはありませんから、お気遣いなく」

じりじろと後ろに下がりながら、一気に境内から外に出て、河原を走り土手を上がっていった。

土手を上がり切ると、ちらりと柳森稲荷《いなり》の境内に目を向けた。悔しそうにこちらを見ている男の姿がぽつねんと見えていた。


「なんだって?」

それから半刻後のことである。

片岡屋に戻った由布姫は千太郎から大目玉をくっていた。勝手にそんな危険なことをするな、というのである。

「でも……」

「今度からは私に声をかけることです、いいですね」

「高木屋は怪しいですよ」

「そんなことは、最初からわかっていることだ」

珍しく、千太郎は吐き捨てている。

「あれは、盗人ではありませんかねぇ」

「…………」

「奥に入って行くと、倉庫のような場所がありました。そこには、大きな箱が何段も積まれているんです。あれは売り物の呉服が入っているようには見えませんでした」

「盗んだものだと?」

「金目のものでもその箱のなかに詰めているのではないか、と。そんな気がしたのです」

「そのあたりは、いま島次たちが調べているはずだ」

「弥市親分がなにか新しい事実を持ってきてくれるかもしれませんね」

「それは、それ。これからは、一人で勝手なことは許しませんぞ」

「………………」

はい、と小さな声で答えた由布姫を、本当に聞いているのかという目つきで見ていると、枝折り戸が開く音がした。

「あ、親分さんですよ」

助かったという顔で、由布姫が立ち上がった。珍しく出迎えを受けた弥市が面食らいながら、

「おや？　旦那、どうしました？」

不機嫌そうに肩を怒らせている千太郎を見て、弥市が薄笑いを見せながら、庭先から縁側に上がった。

「なかなか高木屋は尻尾を見せません」

そうか、と千太郎は大して気にしている様子はない。そんなことでは困ると弥市は

いいたそうだが、

「なに、高木屋を調べるより、もっといい方法があるからだ」

「はて、それはなんです？」

「権蔵だ」

「はぁ？」

権蔵の幽霊ですかい、と弥市が問うと、

「まぁ、そんなところだが……」

「なにか、気がついたことでも？」

「よいか、そもそも死んだ人間が生き返ることなどあるまい？」

「さぁ、それはどうですかねぇ」

まだ、そんなことをいっているのか、と千太郎は呆れ顔をしながら、

「いずれにしても、権蔵は獄門で死んだ。そうとしか考えることはできぬ」

はぁと弥市は、不服そうな顔をしているが、かまわず千太郎は続けた。

「となると、権蔵を騙《かた》っている者がいることになる」

「へぇ」

「そいつを捕まえたら、どうして高木屋に恨みの置き手紙をしていったのか、判明す

るではないのか？」

「それは、まぁそのとおりですが」

肝心の権蔵がどこにいるのか、いや、偽者がどこにいるのかわからねぇ、と弥市はいいたそうだ。

「よいか。考えたらわかることだ。いや、灯台下《もと》暗しだった」

「なんです、それは？」

「よいから、親分、ついてまいれ」

そういうと、千太郎は立ち上がった。その顔には、薄笑いが浮かんでいる。

七

千太郎は外に出ると、山下の通りを抜け、繁華街とは反対の方向へ進んでいく。

そっちに行ってもなにもありません、寺が並んでいるだけです、と弥市は、となりから声をかけた。

「それでいいのだ」

千太郎は歩みを止めない。自信満々の足捌きで寂れた方向へ向かっていく。高木屋はまったく反対方向である。

「どこに行くんです？」

「権蔵のところだ」

「あ！　やはり権蔵は生きているんですかい？」

「だから、偽の権蔵のところではないか」

「ははぁ……ということは、権蔵の偽者がどこにいるのか、誰なのかわかったということですかい？」

「おそらくな」

断言はできぬが、ほとんど間違いはないだろう、と千太郎は答えた。

片岡屋のある場所から、東叡山寛永寺《とうえいざんかんえいじ》の囲いにぶつかり、そこから右に進んでいく。そのあたりは寺が並んでいるので、ほとんど人の姿は見えなくなっていく。途中まで来て、弥市がおやっと速度を落として、

「旦那……こちらは例の権蔵が無縁仏として葬られた寺へ行く方向ではありませんかい？」

車坂町《くるまざかまち》から、下谷《したや》坂本町《さかもとちょう》に入ったのだ。

「気がついたか」

「どうして、そんな寺へ？」

「わからぬか」

「さっぱり」

「そんなことでは島次に抜かれるぞ」

嫌な顔で弥市は、唇を突き出し、面白くねぇと呟いた。

「親分、考えてみろ」

「なにをです？」

「よいか。権蔵は獄門になって死体として埋められた。だがその死体が消えていた。誰が暴いたのだ？」

「さぁ、生き返って……」

「違う。墓を簡単に暴くことができる者がいるではないか」

「はぁ……あ！」

寺の者ですか！　と弥市は叫んだ。

「それは目からうろこですぜ」

なるほど、寺の住職なら墓を暴くのも、どこに権蔵の死体があるのかも知っている。

在処を知らなければ、死体を暴くことはできない。さらに、権蔵が使っていたという筆を取り出すこともできまい。

「つまり、灯台下暗し、というわけである」

「なるほどねぇ……」

感心しきりの弥市に、千太郎はあの寺はどこだったかな、と周囲を見回している。

方向が見定められなくなってしまったらしい。

「まったく、どうして覚えられねぇんですかねぇ」

つい、数日前に来たばかりではないか、と弥市はあっちです、と指さした。

「おう、そうであろう、最初からそう思っていたのだ」

ふふふ、と笑いながら千太郎は歩きだした。

弥市は、苦笑いしながら後を追っていく。

灯明寺の前に着くと、千太郎は一度、周囲を見回した。誰か怪しい者でもいないか、

と思ったらしい。だが、寺の周りはひっそりしていて、猫の子一匹いない。

「親分、先に入って、住職がいるかどうか訊いてきてくれ」

「それはいいですが、旦那は？」

「ここで、待っている」

「はて、誰をです？」

「わからぬ、まぁ、誰かが出てくるだろう」

「そんな曖昧《あいまい》な」

旦那の考えることはよくわからねぇ、といいながら弥市は、寺の境内に足を踏み入れた。

それを見届けると、千太郎は門から少し離れたところに姿を隠すように、身を沈めた。誰かがそこに逃げてくるのを待っているらしい。

弥市は、千太郎が通りにある小さな石の上に腰を下ろしたのを見届けてから、庫裏《くり》のほうへ向かっていった。

訪《おとな》いを乞うと、先日の住職、快全《かいぜん》が出てきた。

なんか用事ですか、と訊かれて弥市ははたと返答に困ってしまった。なにを訊いたらいいのか千太郎はなにも教えてくれなかったからだ。

だが、一度ごほんと空咳をして、

「こちらに偽の権蔵がいるという噂があるのだが」

「……？　はて、どういうことでしょうか」

「墓を暴いたのは、お前だな？」

弥市が十手を取り出して、突き立てた。

だが、快全はまったく動じずに、

「なんのことでしょうか。私が墓を暴いたとでも？」

「そうとしか考えられねぇのだ！」

ほかに墓を暴ける者はいねぇだろう、と千太郎の受け売りをすると、

「あ……」

快全の顔が歪んだ。なにか気がついた顔つきだった。

「なにか、知ってるな？」

さらに十手を胸に突き出す。本来なら町方が寺内でそんなことはできない。寺社奉行の許しがなければ調べることもできない。だが、気にしている場合ではなかった。

「寺社でもねぇ俺がこんなことをするわけにはいかねぇのは、充分承知の上のことなんだぜ」

困ったら千太郎が助けてくれるだろう、と思いながら、せいぜい度胸を決めて快全を追及した。

と、庫裏の後ろのほうから誰かが逃げ出す姿が見えた。

頭がくりくりの男だった。

この寺で修行をしている、小僧のようだった。

「承安《しょうあん》！」

快全が叫んだ。承安というのが小僧の法名らしい。

承安は、庫裏から裏に回って板塀の陰に向かった。そこに裏木戸があった。

そこから外に飛び出したとき、

「ほい、待っていたぞ」

そこには、千太郎がにやにやしながら立っていたのであった。まさかと思ったのだろう、承安は逃げる算段もできずにその場に突っ立っている。


千太郎に捕まった承安は、すべてを白状した。

権蔵は、自分の手習いの師匠だった。といって、自分も盗人をしていたわけではない。だが、たまには気が咎めるのか、いつか、本当はこそ泥をやっているのだと告白をしたことがあった。

自白することで、心が休まると権蔵はいったらしい。

それから、承安は権蔵の心の師匠になり、権蔵は承安の手習いの師匠になった。ときどき、この寺でほかの子どもたちを教えることもあったという。そのことは権蔵の頼みであまり大ぴらにはしていなかったらしい。

やがて、権蔵が濡れ衣で獄門になった。

押し込んだ相手は高木屋だということだったが、あるとき、権蔵が高木屋に忍び込んだことがあると話を聞いたことがある。そのとき、ご禁制のギヤマンなどの箱が積まれている事実を見てしまったというのだった。

そこで、あの三百両の事件である。

藪方という同心に、ご禁制のものがあると訴えたが、まるで話を聞いてはくれなかったのだろう、と承安はいう。あるいは、権蔵はご禁制の話をしなかったのか、それは亡くなってしまったいまとなっては、仔細を知ることはできない。

だが、権蔵が濡れ衣で獄門になったと知り、承安はこのままでは権蔵が浮かばれない、と考えた。

そこで、高木屋に忍び込んだ。

盗人の真似事ができたのは、権蔵がときどき面白おかしく忍び込みの話をしてくれたからだった。まさかそのときに聞いた話がこんなところで役に立つとは夢にも思っていなかったのだが、大店とはいえ、けっこう不用心なものだ、と承安はうそぶいた。

手習いの師匠を手本としていたのだから、その手筋を真似るのは簡単だった。忍び込んで、恨みの置手紙をして戻ったのだという。

そうすることで、少しでも目が高木屋に向いてくれたらいい、というのが、承安の狙いだった。

この話を寺の庫裏で聞いた弥市は、千太郎に早く高木屋に乗り込みてぇ、と呻いた。ご禁制の品を商売していると聞いて、ご用聞き魂に火がついたらしい。そのまま見逃すわけにはいかねぇ、というのである。

そこで、さっそく高木屋に乗り込むことにした。

高木屋の前では、島次が見張りを続けていた。

弥市と一緒に店の前に着いた千太郎は、不審な動きはないかと問うが、

「いまのところ、怪しい動きはありません」

千太郎はついてこい、といって店の前に進み出た。

手代らしい男が立ちふさがったが、由布姫から店の奥に通じる間取りは聞いている。すたすたとそちらへ向かって急いだ。

慌てて、高木屋の留三郎が飛んで出てきた。

「お侍さま……そちらは奥向きでございますので」

「なに、気にするな」

「いたします。待ってください」

そんな言葉で足を止める千太郎ではない。

「こちらだな」

由布姫から聞かされている土廊下をなかに向かっていく。

すると、奥の部屋に大小の箱が積まれていた。

「これを調べよ」

千太郎のひと声に、留三郎はあぁ、と頭を抱えてしまったのであった。

八

高木屋はご禁制の抜け荷で捕縛された。

権蔵の身代わりになった承安を弥市は捕縛しようとしたのだが、

「まぁ、待て、待て」

千太郎は弥市と島次を前にして、

「権蔵は生き返ったのであろう？」

「はい？」

「亡霊を捕縛することはできぬであろう？」

そうではないか、と千太郎はふたりをじっと見つめる。

こんなときの千太郎は、普段と異なり目に力がある。否といえないだけの迫力に、

「へぇ、まぁ亡霊は逃がしましょう」

そういうことになった。

承安は、いまより一層の修行に励むという約束をさせられ、快全の元に戻された。

藪方は、高木屋から袖の下をもらっていたので、権蔵の申し出を受け付けようとしなかった、と吟味与力の調べで判明した。

「藪方さんはどうなるんです？」

島次が弥市に問うが、それは俺もわからねぇ、と答えるしかない。いずれにしても、島次は藪方のところにはいられない、と訴えて波平の手札をもらい、弥市の弟分となったのであった。

やぁやぁ、今日もいい秋晴れだ、と例によって片岡屋の離れにある縁側で千太郎は、横になって庭を見ている。

「旦那、その格好をしているから、世間とは異なる見方ができると気がつきました」

弥市が以前、同じ格好をしたときに感じたのだ、と笑った。

「そうであろうか？　もともとの出来が違うと思うのだが」

千太郎の言葉に弥市が、面白くねぇやい、と口をとがらせると、

「まぁまぁ、いまや山之宿の親分さんだ。ここまでなれるには、それだけの精進《しょうじん》と才があるからであろうなぁ。島次もよく見習えよ」

へぇ、と島次は優雅な由布姫を前にして緊張しているのだろう、やたらと肩を揺らしたり、十手の柄を握ったりしている。

「まぁ、今回は権蔵に助けてもらったな」

「そうなんですかい？」

「虎は死んでも皮を残すという。権蔵は、死んで留三郎と藪を退治したというわけだな」

「なるほど」

「これぞ、法力であるぞ」

そういって、千太郎はまた横になり、ふうむ、秋の庭は横に見えるなどとわけのわからぬ科白《せりふ》を言い続けている。

秋の気配はますます深くなっていく……。

第三話　落ちた手柄

一

山下の町はすっかり秋色が濃くなっていた。

ときには、風に肩を縮めながら歩く者も見受けられる。

ちょっと足を延ばして、浅草寺周辺を歩くと、道端や大川沿いに見られる草木はすっかり色を失い、

「すすきの穂が揺れてますよ」

由布姫が、呟いたように町もどこか物寂しさに包まれている。

大川の流れも、冷たいように見えた。

ときどき、棒手振《ぼてふり》が通り過ぎて行くが、暖かいほうから来た格好をしている者たち

は、

「江戸は寒い……」

そんな呟きも聞こえてくるくらいだった。

特に、今日は風が強く、その分冷えているのだろう。

「千太郎さんは寒くないのですか？」

大川橋の欄干《らんかん》から身を乗り出して、流れを見つめている千太郎に由布姫が訊いた。

「心頭滅却《しんとうめっきゃく》すれば、である」

「火事ではありませんよ」

「いや、なに、ふむ」

「……なんです、それは？」

「水というのは不思議なものだと思うてなぁ」

「はい？」

「どこから来て、どこに行くのか……」

「元から来て、海に流れるのではありませんか」

またおかしな話が始まった、と由布姫はその場から立ち去ろうとする。

「まだ、まだ」

後ろから声をかけられ、仕方なく足を止める。

「水の元がなにかと考えていたのですよ」

「水の元とはなんです」

「不思議には思わぬかな？」

「思いません」

あっさりと否定されて、千太郎は肩を揺らしながら、

「水は方円《ほうえん》に従うという。つまり、四角い器に入れると四角くなる。丸い器に入れると丸くなる……」

不思議だ、と千太郎は呟いた。

「そうできているからです」

問答が面倒くさくなったのだろう、由布姫は行きますよ、と先に進んでいく。

「待て待て」

それでも、千太郎は欄干の前から動こうとしない。

「いい加減にしましょうよ」

後ろを向いて、そういうと由布姫はどんどん大川橋を渡り始めた。

仕方なく、千太郎も後を追おうと思ったとき、

「旦那……千太郎の旦那」

後ろから声をかけられた。

「おやぁ？」

いつもならこんな場所で声をかけてくるのは、弥市だと決まっているのだが、

「弥市親分ではないな」

「へぇ……」

小柄で猫背の男であった。

「ご用聞きか？」

へぇ、と答えた男は、猫背な体をそのままに、

「伝兵衛《でんべえ》といいます」

「ほう」

あまり聞いたことのない名前だ。もっとも、江戸のご用聞きを全員知っているわけではない。ぶ厚い唇。えらの張った頬骨。それに狭い額。弥市も四角い顔で、強面《こわもて》ではあるが、それとはまったく異なった色合いを見せている。

「なにか用かな？」

千太郎が追いついてこないので、どうしたのかという面持ちで由布姫がこちらを見

ている。

「旦那は弥市の親分さんと懇意になさっている山下の目利きさんですね？」

「そうだが？」

相手の意図がわからず、千太郎はただ頷く。

「弥市親分には、ずいぶん世話になってます」

「ほう」

あまり聞いたことがない、と思いはしたがまずは当たり障りのない返答をする。

ふたりの態度がどこか不自然だと感じたのだろう、由布姫が戻ってきた。

「これは、雪さんですね？」

はてという顔をする由布姫に、

「弥市親分の仲間だそうだ」

千太郎が告げた。

「いえいえ、お仲間なんてそんな」

いずれ仲間といわれるような間柄になりたい、と伝兵衛はへへへと笑った。

どこか屈折した態度が見え隠れしている。

「ここで私を呼び止めたのは、どんな用事なのかな？」

「へぇ、別に取り立てて大事な用ということではありませんが」

千太郎と由布姫はお互い顔を見合わせる。

「今後、なにかとお世話になるかと思いまして、へぇ」

腰を曲げて、言葉はていねいだが、体から湧き出る雰囲気はまるで、逆を表している。

唇が歪《ゆが》んでいるのだ。笑っているようにも見える。

おそらく、心のなかで千太郎を馬鹿にしているのだろう。

いかにも腰が低いように見せているが、そのじつは疑わしい。

どこからこんなご用聞きが湧いてきたのか？

これは弥市親分に訊いてみなければいかぬなぁ。

心のなかで、そんなことを考えながら、千太郎はじっと伝兵衛を見つめた。

ふたりの視線が弾けた。

伝兵衛の瞳のなかに、千太郎に対する敵対心のような臭気が感じられた。敵と見られるような間柄になるほどの付き合いはないはずだ。どうしてこのような目線を飛ばされるのか？

猫背でがに股の姿形は、由布姫が目をそむけるほどだ。

ふたりの間で緊張が続いていたが、

「ふむ、おぬしとはまたどこかで会いそうだが」

「へえ、そのときはよろしくお引き回しのほどを」

ふむ、と答えて千太郎は伝兵衛から離れた。

「なんです、あれは？」

由布姫が声を潜めながら、

「弥市親分とは大違いですねぇ」

「なかには、あんなご用聞きもいるんだな」

「気持ちが悪い男ですこと」

「それでも、岡っ引きには違いないのだろうが」

「あんなご用聞きが事件の探索をしているかと思ったら、虫酸《むしず》が走りますねぇ」

吐き捨てるようにいう由布姫に、千太郎は苦笑しながら、

「まぁ、水は流れるのだよ」

「はい？」

「いや、自分でもよくわからぬのだが」

気分を変えるように千太郎は大笑いする。それでようやく由布姫の顔もほころんだ。

「物見遊山《ものみゆさん》にでもと思っていたのですが」

気分を殺《そ》がれた、と由布姫はため息をつく。

どこへ行く当てのない物見遊山でも、千太郎とふたりそれならそれなりに楽しい。

それが、あんな猫背でがに股の男に邪魔をされた、と由布姫はいいたいのだ。

「今日はけちがついたなぁ」

「戻りましょう」

そうするか、と千太郎も同意する。

「私が、水の元などを考えたからいかぬか」

笑いながら千太郎が、また欄干から下を覗くと、

「おやぁ?」

「どうしました?」

驚いたような声を上げた千太郎のとなりに由布姫が体を寄せる。

「まぁ、あれは……」

「噂をすれば影とやら」

猪牙舟《ちょきぶね》に乗っているのは、弥市であった。一緒にいるのは、どうやら島次のようだ。

なにがあったのか、ふたりとも真剣に会話を交わしているので、こちらには気がつか

ない。

「おおおい！」

千太郎が呼んでみた。

船のなかで、ふたりがびくりとして顔を上に向けた。

「旦那ですかい！」

「なにをしておるのだぁ！」

「いまそっちに行きます」

弥市が手を振った。となりにいる島次は頭を下げている。

二

近所の船着き場で船を降りたふたりは、大川橋の袂《たもと》まで上がってきた。

ふたりとも、ぶるぶると震えているのは、岡よりも川の上は風が冷たいからだろう。

どうしたのだ、と問う千太郎に弥市は、探索の証言を確かめているのだ、と答えた。

「ちょっとしたいさかいがありましてね、その証言が真《まこと》のことかどうか、確かめていたのです」

「ほう……」

「まぁ、終わったことなので」

千太郎の意見を聞くほどではない、といいたいのだろう。

「そうか」

それ以上は千太郎も聞きはしない。

一度、終わった事件を蒸し返そうとするほど、酔狂《すいきょう》ではない。

「ここは川風が冷たい。片岡屋に戻ろう」

千太郎のひと声で、四人は片岡屋に向かった。

大川沿いから浅草広小路を過ぎて、山下に入る。このあたりまで来ると、川風は消えて、その代わり東叡山寛永寺の山裾を囲んで、風が舞うように変化する。

かすかに、湿った草の匂いも漂っている。

同じ江戸でもわずか移動しただけで、かなり雰囲気が変わるものだ。

片岡屋に着くと、例によって鉤鼻の治右衛門が帳場に座って、こちらをじろりと見つめた。

不服をいおうとして、弥市や島次がいることに気がつき、口を閉じた。

ご用聞きが嫌いなのだ。

「奴らは、悪党のくせに人の足元を見ますから」

そういって、弥市のそばに行こうとしない。

そんな治右衛門の態度には慣れているので、弥市はわざと横柄《おうへい》な態度で表口を通り過ぎ、裏庭の枝折り戸に向かう。

庭先から縁側に上がった千太郎は、

「ところで親分」

いきなり体を弥市に向けた。

「なんです、そんな真剣な目つきで」

「伝兵衛という岡っ引きは知りあいか？」

「……おやぁ？　旦那、伝兵衛を知っているんですかい？」

「さっき、大川橋で声をかけられたのだ」

「あの、猫背でがに股で、息が臭ぇいけすかねぇ野郎ですね」

島次が、嫌な野郎です、と吐き捨てた。

「どういう男なのだ？」

「近頃、なんだか偉そうにしてるんでさぁ」

よほど島次は伝兵衛を嫌いらしい。弥市が答える前に答えている。

「そんなに嫌なやつか」

「そらぁもう。ゲジゲジ以下です。いや、ゲジゲジだって同列に見られたら、嫌がりますぜ」

その物言いに、由布姫は口元を押さえる。

「確かに、あの者にはあまりそばには寄りたくないですねぇ」

そうでしょう、と島次は我が意を得たりという顔つきだ。

「あの面相だからな。おなごには好かれぬと思うが……」

「そんなもんじゃありません。好かれるとか好かれねぇとか」

「それでもご用聞きなのであろう?」

「へぇ、それが……」

弥市が伝兵衛について語る
そもそも伝兵衛は、数ヶ月前までは岡っ引きではなかったという。どこぞの木場《きば》で働いていたのだが、身軽でしかも先を見る目があるとなかなかの評判の男だったらしい。

生まれは下総《しもうさ》の在で海辺で生まれ育ったという話だが、詳しいことは本人もいわないので、はっきり知る者はいないらしい。

江戸に出てきたのは、五年ほど前らしい。

その頃から木場で働く伝兵衛の姿が見られたというからだ。

だが、あの面相ということもあり、あまり仲間では人気はなかった。仕事はしっかりやるのだが人付き合いが嫌いなのだろう、ほとんどひとりで行動をとっていることが多かったという。

その頃から、ある寺に出入りしている姿は見られている。

「その寺とは？」

千太郎が訊いた。

「へえ、深川にある破《や》れ寺でしてね」

観泉寺《かんせんじ》という寺だという。そこには、あぶれ者がたむろしているという噂があって、普段はほとんど人は足を運ばないところだという。

伝兵衛もあぶれ者だから、仲間ができてちょうどよかったのではないか、というのがもっぱらの噂だった。

そんな男だから、周囲には嫌われていたのだが、そこに目を付けたのが、なんと藪方だったのである。

前回の事件で、藪方は失脚して、いまは謹慎の身である。いつかまたよみがえってくるだろう、ともっぱらの噂である。

なぜなら、本人はあまり活躍はしないが、手下が働くからだ、という話だ。

そのひとりが島次だったのだが、弥市と一緒に働きたいということで、いまは藪方とは離れている。

手札は、波平からもらっているのだ。

だが、伝兵衛は藪方から離れることはせずに、いままで以上に働いてやる、と張り切りだしたというのである。

藪方と伝兵衛は、気が合うとは思えなかったのにである。

「だから、奉行所の連中も不思議なことだ、と噂になっていたんですよねぇ」

当然、伝兵衛も島次と同じように、ほかの同心から手札をもらうのではないか、と推測されていたからである。

もちろん、いまは藪方の手札はない。

したがって、いまは、臨時見廻り同心、戸板供十郎《といたともじゅうろう》からもらっているらしい。

戸板というのは、温厚な男で、臨時見廻りということもあるのだろう、藪方とはまた異なったやる気のない男らしい。

そこまで話を聞いていた、千太郎は、

「親分の周りには、やる気のない同心が多いのだなぁ」

と笑う。

「そんなことはありませんや。波平さんは、やる気がありますぜ。近頃は」

「近頃だろう」

やはり、怠け者が多い、と由布姫も一緒にはやし立てる。

「そんな同心のかただけが、目立つんでさぁ」

真面目《まじめ》に仕事をしている同心たちは、目立たぬように探索をしているのだ、と答えた
「そんなこともあるのだろうなぁ」

反論せずに、頷く千太郎に、

「とにかく、伝兵衛という野郎はそんなこんなで、いきなり勝手なことを始めて、それでも手柄を上げるので、周りからは反感をもたれている男です」

ふうん、と千太郎は答えるが、

「それだけ、力があるということか」

「あの面相と、姿ですからねぇ」

悪党もあの顔を見たら、恐れ入るのかもしれねぇ、と島次は頬を歪める。

「ただねぇ……手柄はここのところあげているんですが、そのやりかたが、やたらと強引だという話を漏れ聞きます」

「ほう、というと?」

「捕まえた本人は、否定をしているのに捕まえてしまい、拷問でうんといわせてしまう、というやり方なんでさぁ」

島次は、やり方がきたねぇ、という。

「ふむ」

「それだと、また権蔵みたいに、間違って獄門になる者が出てきますね」

由布姫も、眉を動かした。

「ですから、ゲジゲジ以下だと……」

弥市も島次を見ながら答える。

それだけに、困った問題も多く引き起こしているはずだ、と島次はいうのだった。

「困った問題というと、やはり見誤りで捕縛したという話か?」

「へぇ、つい最近もありましてね」

伝兵衛は、とにかく事件となるといの一番に駆けつける。その速さはどこかで見ていたのではないかと思えるほどだという。

駆けつけると、すぐ周辺を探り回って、下手人が落としていったような物を見つける。

すると、すぐそのまま捕縛してしまう。

吟味などはほとんどしない。そのまま大番屋に連れて行って、吟味与力に渡して、自分もその場にいて、力ずくで白状させる、というのである。

最初は濡れ衣だ、と反論していた大の男でも、何度も何度も叩かれたり、石を抱かされているうちに涙ながらに、自分がやりました、と白状するらしい。

奉行所内でも少し激しすぎるのではないか、という声がないでもない。

それでも、手柄を取ってしまうので、与力、同心たちも伝兵衛には腰が引けているというのだった。

しかし、とうとう間違いが発覚した。

事件の内容はこうだ。

深川に住む、ある古着屋の娘、千代《ちよ》がある男に惚れた。だが、千代には旦那がいる。

それなのにほかの男に惚れたのには、理由があった。

旦那の団六《だんろく》は、暴力ばかり振るっていて千代の体はいつも傷だらけだった。

そんなとき、古着を買いにやって来た行商の男がいた。名を丹治《たんじ》といい、千代より三つ下だったが、そのやさしさに千代は一目惚れをした。

丹治も何度か接しているうちに、ふたりの間におかしな気持ちが流れ始めた。やがて、とうとう出会い茶屋で密会するほどの仲に進展した。

団六がふたりの仲に気がついた。

丹治に、ひとの嫁に手を出すなと何度も談判したらしい。

そんなとき、丹治が大怪我を負った。

団六の仕業だと決めつけた伝兵衛が、すぐさま捕縛して、拷問にかけた。最初は、やったのは自分ではない、と否定していたのだが、最後は、自分がやりました、と白状した。

殺したわけではないので、とりあえず遠島ということになったのだが……。

「それが、後になって丹治はほかの女ともいいことをしていましてね。その女の名前は、お梶《かじ》というんですが」

「浮気なやつだったのだな」

「丹治に手を出したのは、お梶の旦那、伊八《いはち》という男だったと判明したんです」

「ふぅむ」

わかったきっかけは、お梶が、怪我をした丹治を看病しようと訪ねたところを、伊八が後をつけ、今度はお梶に瀕死の重症を負わせてしまった。

そして、団六に島流しの刑が執行された後に、本当の下手人、伊八が捕まって事実が明るみに出た。

「なんだか、ばかみたいな話ですねぇ」

由布姫が、そんなことが起きるのか、といいたそうだ。

「男と女のことですからねぇ、どんな事件が起きるかわかりませんや」

弥市が、知ったかぶりをする。

そうですかねぇ、と由布姫は憂鬱な目つきをしながら千太郎を見つめた。

「おっと、私はそんな不実なことはしませんよ」

「そうではありません。そんな伝兵衛みたいな岡っ引きがどうして、大手を振っているのか、と疑問なのですよ」

「そうだなぁ」

頷きながら千太郎は、

「悪を制するのは、悪、という考え方もあるのだ」

と答えた。

「まぁ、そんなようなわけでして」

気分を変えるようないいかたで、弥市がその場を見回した。

「あっしが、見るに、あの野郎はどこか人を恨んでいるようなところが見え隠れしましてねぇ」

「ほう」

「なにか、よほど子どもの頃か、あるいは江戸に来る前に苛《いじ》めにあったんだと思います」

「それで、あんな辛気臭《しんきくせ》ぇ顔をしているんですかね？」

島次は、なるほどといいたいらしい。

「あれは、苛められますぜ」

顔を歪ませながらも、

「しかし、顔や体つきで苛められたんじゃ、たまったもんじゃねぇなぁ」

自分が同じ目にあったら、どうするかと島次は呟いた。

三

伝兵衛の快進撃はまだまだ続いていた。

周りでは、あの野郎がまた手柄を立てた、と弥市の存在が消えるほどである。どうしたんだい、と仲間から声をかけられるのだが、なにしろ伝兵衛は現場に着くのが、やたらと早い。

事件が起きるのを知っているのではないか、と思えるほどだ。

仲間が一度、訊いたことがある。

「あちこちに目があるからだぜ」

ふふふ、と気持ちの悪い笑顔を見せたとそのご用聞きは、あんな奴とは関わりたくねぇ、と逃げたらしい。

そして、また事件が起きた。

波平に呼ばれた弥市と島次は、不忍池《しのばずのいけ》のそばにある、ろうそく屋に向かった。

事件は、前の日の夜に起きた。

ろうそく屋は、主人が喜之助《きのすけ》といい、今年、四十五歳。その女房はお藤《ふじ》といい三十五歳だが、これは後妻だ。

喜之助には、前妻の子どもがひとりいて、これが良吾《りょうご》といい十九歳という一家だった。

殺されたのは、喜之助だった。

死因は、首を絞められていて、その現場からみると抵抗した節が見られない。

「これは、顔見知りの犯行だ」

と伝兵衛は、現場を見て叫んだらしい。

「殺されそうになったら、人ってもんは、なんとかして逃げようとする。だけどな、顔見知りの者で、しかも自分と近い者が相手のときは、あまり抵抗しねぇ」

そういって、伝兵衛がすぐ捕まえたのは、女房のお藤だったらしい。

「私はやってません」

泣きながら訴えるお藤の言葉に伝兵衛は、

「ふたりの仲はどうだったい？」

訊くと、別段悪くはなかった、とお藤は応じた。

長屋の連中に聞いたところでも、それは同じだった。ほとんどふたりが喧嘩をしているところを見たことはない、という。

それでも夫婦なんざ、周りから見ていてもわからねぇことがたくさんあるからなぁ、と伝兵衛は言い放ち、

「さっさと白状しねぇと大番屋で訊くぜ」

脅かした。

それでも、お藤はけっして自分ではない、夫に死なれたら自分はどうやって暮らしていったらいいのか、そんな自分の首を絞めるようなことはしません、と返答を続けたのであった。

周りの証言もあり、殺す動機も見つからない。

「仕方ねぇ、おめぇじゃなさそうだ」

そういって、お藤のことは解き放ったのだが、

「女房でなければ、子どもだ」

短絡にそう考えたらしい。

「これは、息子がやったにちげぇねぇ」

今度は、良吾に目を向けたのである。

「乱暴な野郎だ」

島次は、現場に行くと先に走り込んでいた伝兵衛の言葉を聞いて、憤慨している。

「おや、島の字……おせぇじゃねぇかい」

「ふん」

「ほう、親分が偉そうだからかな？」

「なにがだい」

「子分も口の利きかたを知らねぇらしい」

「やかましい」

おめぇなんざ口も利きたくねぇ、と心のなかで叫ぶが、さすがに面と向かってそんな言葉はいえない。

「弥の字はどうしたい」

「……いま、こっちに向かってらぁ」

「へぇ、お大尽はゆっくり来るってか」

「そんなんじゃねぇ」

「じゃ、なんだい」

「うるせぇなぁ！」

伝兵衛にからかわれているのはわかっているのだが、島次としては、黙っていわれっぱなしじゃ業腹《ごうはら》なのだ。

「それより、どうして息子を捕縛するんだい」

「そんなことはおめぇには、関係ねぇよ」

自分が先に来たんだから、口を出すなといいたいらしい。

「縄張りは同じだからな」

それだけに、先に来たほうが手を出すのだ、といいたげである。それにしても、どうしてそんなに早く現場に着くことができたのか、島次は不思議である。

訊いても、また馬鹿にされるのが落ちだろうから黙っていると、

「その顔は、俺が先に着いたのが不思議らしいな」

「……………」

「ほれ、図星だろう」

えっへへへ、と笑いながら伝兵衛は、それは才覚の問題だぜ、と島次の顔の前で、掌をひらひらさせた。

猫背の姿が、下から覗き込むような形になり、いかにも粘着《ねばっ》くようである。まるで舌先から涎《よだれ》でも垂れてきそうだ。

舌打ちでもしそうな顔で、島次は伝兵衛を睨み返した。伝兵衛は、そんな島次の態度にも、ふんと鼻を鳴らして、

「まぁ、せいぜい山之宿と、手を握りながら、俺のやることを見ているんだな」

「やかましいわい」

へへへへへ、と背中を丸めたまま、伝兵衛は島次から離れていった。

ひとりになった島次は、弥市がどこにいるのか探した。伝兵衛には、後から来ると

いっていたが、本当は一緒に来たのである。

言い訳がましくいったのは、弥市がなにか証拠を探していることを知られたくなかったからだった。

「ち、あの野郎」

伝兵衛と別れても、気分がすっきりしない。まるでまだそこにいて、島次をからかっているような錯覚さえ覚える。それほどにあの伝兵衛という男は、他人に嫌な印象を与えるなにかを持っているらしい。

「今度会ったら、はっきりと言い返してやる」

ぶつぶついいながら、弥市を探すために、歩き始めた。

いま島次がいるところは、現場の外である。

家のなかに死体が転がっているはずだが、それを見ることはできない。伝兵衛が縄張りを張っているからだった。本来なら、そんなものは無視してなかに入ることができるはずである。

だが、伝兵衛が小者たちを使って、縄を張っているので見ることができなくなってしまった。

死体がどんな状況で亡くなっていたのか、本当に首を絞められただけなのか、それ

もはっきりしない。

伝兵衛のやることは、第一に現場をそうやって自分以外のご用聞きや、検視の同心たちまでも追い出すことだった。

もっとも、検視に来るのは伝兵衛に手札を与えている、臨時廻りの戸板である。波平が来たとしても、

「あっしが先ですから」

同心に対しても、横柄な態度を取る。

身分違いなどは、どこ吹く風である。

上司にそのような話を伝えても、

「まぁ、まぁ、仲良くやってくれ」

伝兵衛がどんどん手柄をあげる事実は、周りの動きを鈍くさせているのだった。

まずは、親分を探そう。

そういいながら、島次は、家の周囲を歩いてみた。

なにか、証拠らしいものがあるのではないか、と考えたからだった。

もっとも現場を見ていないのだから、どんなものを探したらいいのかもわからない。

それでもなにか不審なもの、あるいは下手人が落としたと思えるようなものがあるか

どうか、見つかったら儲けものという気持ちであった。

「おう、島の字……」

「あ、親分」

「どうしたんだい」

「さっき、伝兵衛の野郎にいろいろいわれまして」

とっととここから帰れ、といわれたと告げる。

「ふん、あんな野郎のいうことなんか聞いていられるかい」

「親分はいままでなにをしていたんです？」

「あぁ、ちょっとそこいらへんで聞き込みをしていた」

「いってくれたら、あっしが」

「なに、自分の眼と耳で調べねぇと」

「そうですかい」

不服というよりは、感心した目つきである。

「いろはを習いてぇので、教えてくだせぇ」

殊勝に頭を下げる島次に、弥市はおうと偉そうに答えた。

弥市には、徳之助という密偵はいるが、島次は初めて自分の下にできた弟分だ。

後継者ができるならありがたい話だ。それに、自分一人では難しかった調べを手分けできる。

「なにか、目星《めぼし》い話はありましたかい？」

「あぁ、良吾というのは、なかなかの親思いの子どもだったらしいな」

「へぇ、そうなんですかい」

そんな良吾が父親を殺すだろうか、と目で島次は問う。

「それだよ」

弥市も頷いた。

「まぁ、そんなことで千太郎の旦那にもこのあたりを見てもらいてぇ」

「へぇ、ちょっくら行って来ます」

察しがいいな、という前に島次は走りだしていた。

島次の姿が不忍池方面に消えたのを確認してから、弥市は現場になった家を見に行くことにした。

伝兵衛が居座っているのは知っている。

だからといって、手をこまねいているわけにはいかない。

家の前には野次馬が集まっている。

それを町方たちが整理しているのだが、そのなかに、伝兵衛はいない。おそらく、なかで状況を調べているのだろう。

だが、町方のひとりに伝兵衛の居場所を訊くと、

「ここにはいない」

という答だった。

どうしたのか問うと、すぐそばの自身番に良吾を連れて行ってる、というのである。

大番屋に連れて行かないのは、まだましである。

そこまで連れて行った後では、弥市が手を出す隙は消えてしまう。

少しだけ安堵した弥市は、なんとか家のなかに入れないか、と周囲を見回した。野次馬を整理している小者に声をかける。

「なかに入れるかい?」

実直そうな小者だ。

「さぁ、この現場を仕切っているのは……」

そういって、周りを見回した。伝兵衛を探しているらしい。

「伝兵衛なら、自身番に行ったらしい。伝兵衛と俺は、いつも手を組んでいる仲だから な安心してなかに入れてくれねぇかい」

本当だろうか、という顔をしているのを見て、

「なに、後で問題になったら、波村さんの名前を出せばいい」

一応、見廻り同心だ。それくらいの力はある。

「へぇ……」

「ここで、俺をなかに入れねぇと後で大目玉を食うのはあんただぜ」

脅しが効いたのだろう、

「では、どうぞ」

体を寄せて、弥市が家のなかに入れるようにした。

すでに死体は片付けられた後だったが、なんとなく雰囲気を感じることはできた。

間口三間と小さくはあるが、表店《おもてだな》だ。二階が住まいになっている。そこで、夫婦が暮らしていたようだ。

息子の良吾は、修行に出ていたからここには住んではいない。

修行先は、両国の松島《まつしま》という小間物屋で、そこに住み込みである。となると、実家とはいえ、そうそう簡単に戻ってくることはできない。

家に戻れるのは、藪入《やぶい》りか正月と相場は決まっているのだ。

それが、どうして良吾が家に戻ってくることができたのか、それを知りたい、と弥

市は思う。

そこから調べねぇと本当のことはわからねぇ。

ひとりごちていると、外でなにやら悶着を起こしている声が聞こえてきた。大きな声が聞こえ、あれは島次だ。

家から外に出た弥市は、島次のそばでぼんやりしている千太郎の姿を認めた。

さっきの小者を探してなかに入れてもらおうかと思っていたら、千太郎がなにやら話をすると、あっさりと通り抜けることができた。

どんな手妻《てづま》を使ったのか、と弥市は笑う。

千太郎のことだから、また連中を煙に巻くようなことをいったのだろう。

「こちらです」

腕を組みながら歩いてきた千太郎をなかに招き入れる。

千太郎は、店のなかはほとんど見ずに、梯子段《はしごだん》を登ってすぐ二階に回った。

「なるほど」

腕を組んだまま、うんうんと頷き続けている。

「なにかわかりましたかい？」

「いや、わからぬ」

「へぇ?」

「だから、ここを見ただけではなにも意味がないということがわかった」

「さいですか」

では、どうしたらいいのかと弥市は問う。

「ふむ……」

じっと思案顔だったが、

「良吾が縄を打たれたということだったな」

「へぇ、親思いの息子ということでしたけどねぇ」

「それは、誰がいったのだ?」

「近所の連中に聞き込みをした結果です。ほとんど息子を悪くいう者はいません」

「どうして、伝兵衛は捕まえたのだ」

「さぁ、どうなんでしょうねぇ」

はっきり伝兵衛から理由を聞いたわけではない。

弥市は、良吾は住み込みで働いていると伝えた。

「それがどうして殺すことができたのだ?」

「あっしに訊かれても……」

「道理だな」

捕まえたのは弥市ではないのだ。

本人に確認してみよう、と千太郎はいうが、果たして答えてくれるかどうか、と弥市は首を傾げた。

「おや？　島次はどうした」

あら？　と弥市も島次の姿が見えないことに千太郎にいわれて気がついた。どこに行ったのだ、と見回していると、

「親分……」

声が聞こえて、伝兵衛の居場所を探ってきた、といいながらそばに寄って来た。伝兵衛は、花川戸《はなかわど》の自身番にいるという。

「なんだって？」

そのあたりはいわば、弥市の地元だ。山之宿とは目と鼻の先である。

くそぉ……と口を尖らせて、

「面白くねぇや」

吐き捨てる弥市に、千太郎が、すぐ行こうと誘った。地元で大きな顔をされたんじゃ、弥市の顔がつぶれる。

すぐ行きます、と答えて千太郎に続いた。

島次は、もう少しこのあたりを回って聞き込んでみる、といって残ることにした。

良吾以外の不審な奴でも見た者がいないかどうか、それを探してみる、というのだった。

「おう、頼むぜ」

叫びながら、弥市は走り去っていく。


花川戸の自身番に着くと、弥市の顔を見て、町役が慌てている。このあたりは、弥市の縄張りの中心だ。それを、伝兵衛が我が物顔で仕切っているのだから、弥市に対して顔向けができないのだろう。

それでも弥市は、町役の肩を叩きながら、鷹揚《おうよう》な態度を取ってみせた。悪いのは、町役ではなく、伝兵衛だ。

良吾は、縄で体を縛られたまま、柱に繋がれていた。のびた縄が、柱についている鉄輪につながっている。

「どうしてこんなことをしたんだい」

弥市が、えらそうに煙草を吸いながら座っている伝兵衛に訊いた。

「おやぁ？」

やっと来たか、という顔つきである。

一緒に来た千太郎のことはまったく無視である。大川橋で声をかけたことなど忘れたような素振りだった。

千太郎もあえて、声はかけない。

「山之宿の……なんだって、人の手柄を横取りするような真似をするんだい」

「なんだと？」

ふざけるな、と叫びながら弥市は、伝兵衛の前に出た。

「いいかい、このあたりは俺の地元だ。そこにえらそうに構えているのはどういうわけだい」

「おや、そうでしたかね？　このあたりは天下の往来だ。誰がなにをしようと勝手だろう」

しれっとして煙草の煙を弥市に吹き付けた。

煙にごほごほと咳をさせられ、弥市は真っ赤な顔になる。

「ほう、怒ったかい」

と、そこに千太郎が口を出して、やめろやめろと弥市の憤りを鎮《しず》めさせた。そんなことより事件の話が先だというのだった。

仕方なく、弥市も肩の力を抜く。

そこで、やっと千太郎に気がついたような顔で、伝兵衛は、にやりと笑った。唇がひくひくと蠢《うごめ》いて、いかにも意地悪そうな顔つきだ。

だが、そんなことに千太郎は動じない。

「良吾と申すか？」

縛られて弱っているのだろう、青い顔をした良吾のそばに行って語りかける。

「へぇ……」

律儀な返事が戻ってきた。

「なるほど、親孝行の顔だな。おまえはどうして家に戻ったのだ」

「へぇ、たまたまこちらに主人からいいつかった言付《ことづ》けを伝えにきたところでした。ついでと思って、ちょっと家にも寄ってみただけです」

その言葉を聞いた伝兵衛は、ふんと鼻を鳴らして、

「親孝行だろうが、人は殺しますぜ」

千太郎にも、煙を吹き付ける。

それを伝兵衛の方向へと吹き返して、

「それは真理であるな。だが、この者は人殺しではないぞ」

「なんだって？」

千太郎の持つ威厳に負けたくないと思っているのだろう、伝兵衛は、肩を怒らせながら、

「町方でもねぇあんたにどうしてそんなことがわかるんです？」

「人はその生き方が顔に出るのだ。さしずめ、伝兵衛はあまりいい生き方をしておらぬなぁ」

「大きなお世話ですぜ」

ふん、とまた煙を吐き出した。

「まぁ、この者は殺しはやっておらぬ。すぐ大番屋に送り込むようなことをしてはならぬぞ！」

いままでとはまったく異なった千太郎の声音《こわね》だった。その怒りの混じった宣言に、さすがの伝兵衛も、へぇと不服ながら頭を下げる。

「……旦那はなんです？」

「なんです、とはなんだ」

「町方でもねぇのに、こんなところにやって来て、まぁ、山之宿の後見人のようなこ

とをやっているとは知っていますがね」

　さすがにていねいな言葉遣いに変わった。

「では、いうておく。悪の目利きだ」

「はい？」

「この世の悪を目利きしてな。懲《こ》らしめて退治して、最後は……どうなるか、それはまぁ、神のみぞ知るというところかな」

　ふふふ、と不敵な笑いを見せる。

　伝兵衛は、なにをいうのやら、という顔つきで、

「まぁ、どんな言い分があってもいいですが、あっしの手柄を横取りするような真似だけはやめてくだせぇよ」

「おまえに手柄など渡さねぇよ」

　弥市が叫んだ。

　ふん、とまた鼻から煙を吐き出して、伝兵衛は気分の悪そうな目つきで、千太郎と弥市を睨みつけているのだった。

四

島次は、近所の聞き込みをしている途中でおかしな話を聞いた。

伝兵衛がある男と最近、このあたりで話をしているところを見た、という者がいたのだ。

不忍池周辺には、出会い茶屋が多く並んでいる。

その一角にある、水茶屋に伝兵衛がいた。

一緒にいたのは、坊主頭で真っ黒な袈裟《けさ》を着ていたが、どう見ても生臭《なまぐさ》坊主。まともな寺の住職ではなさそうだった、というのである。

人相を聞いてみると、島次は思い当たることがあった。

伝兵衛が以前、寺に出入りしていた頃の話である。そのとき、坊主頭の男とつるんでいたという噂を聞いたことがあったのである。

「坊主頭というのなら、そいつだな？」

いまでも付き合っているとは知らなかった、とひとりごちる。どんな仲間なのかははっきりせぬが、そもそも伝兵衛の過去については、あまり知る者はいない。

ただ、手柄を上げるから誰も余計なことはいわないようにしているのだ。それに、伝兵衛に関わるとどんなしっぺ返しをされるかわからない、という恐れもあった。たちが悪いのだ。

上司たちの、取り敢えず手柄を上げていればそれでいいという態度が伝兵衛をそんな化け物にしてしまったのではないか、と島次は考えているのだった。

「そうだ、野郎は化け物だ……」

自分で吐いた言葉に感動していると、千太郎と弥市の顔が見えた。ふたりとも、どこか浮かない顔つきである。

「旦那……どうしたんです？」

「ふむ」

その応対は機嫌が悪い。

「伝兵衛と話したんですね」

「そんなところだ」

「あの野郎と会話すると、必ず気分が悪くなりますさぁ」

そうだな、と千太郎は答えながら、

「なにか宝は見つけたか？」

「宝？　あぁ、ありました、ありました」

島次は、伝兵衛が不忍池の近くにある水茶屋で、坊主頭の野郎と会っていたらしいと語った。

「その野郎については、ちっとばかり思い出したことがありましてね」

伝兵衛が以前、付き合っていた坊主の野郎ではないか、弥市に問いかけると、

「そうかもしれねぇ」

「これは、一度、調べてみる手ですぜ」

弥市は、それがいいな、と答えた。それでもどこかやる気が見えてこない。

「親分、どうしたんです」

「どうしたらあの野郎の首をへし折ることができるかと思ってな」

事件よりそっちのほうに気が向いてしまった、と苦笑いする。

「それなら、いままで以上に、野郎のことを調べあげてやりましょう」

「それがいい」

千太郎も同調する。そこで、ようやく弥市もその気になったのだろう、口を尖らせながらも、

「よし、あの野郎の化けの皮を剝いでやる」

「そうこなくっちゃ」

弥市の顔にやっと赤みが差してきた。

「差し当たって、やることは？」

なんとか伝兵衛をやっつけることができそうだ、と思ったか、島次の目も輝いている。

「そうだな……」

まずは、その坊主が何者か、どんなことをしているのか、伝兵衛との関わりはなにか、などを探ろう、と千太郎がふたりを促す。

「へぇ、わかりました」

弥市は、島次についてこいといって、

「坊主野郎は、たしか深川の寺にいたはずだ」

「観泉寺です」

よし、とふたりは千太郎への挨拶もそこそこに、駈けだした。

ふたりの後ろ姿を見ながら、千太郎は小首を傾げてから、歩きだした。弥市と島次とすれ違うようにして、目付きの悪い男がふたり千太郎を遠くからみつめている姿を発見していたのである。

そのうちのひとりに、坊主頭がいるのを認めている。

あれは？　例の伝兵衛と関わりのある男だろうか？

胸の内で、そう考えたがはっきりとはわからない。坊主頭だからといって、それが伝兵衛の仲間とは限らないだろう。

もうひとりは、大きな体をして、元は相撲取りではないかと思えるほどだ。

なにゆえに千太郎を狙うのか？

狙われているなら、こちらから誘いをかけてやるか。

千太郎は、わざと隙《すき》を作る場所を探した。

どうせならさっさと相手の正体を確かめたほうが早い。

不忍池の周りを歩き、上野のお山のなかへ入っていった。寛永寺が近いから、それほど馬鹿なことはできないはずだ。

だが、刺客だとしたらそんなことは考えないだろう。

人の姿が少ないほうが、敵としても襲いやすいはずである。

だらだら坂を登って行くと、清水観音堂《きよみずかんのんどう》の前に出た。その周りには参拝客を目当てにした、茶屋が出ている。

そこから上野の町やら、天気がよいときには、江戸の街全体も見渡すことができるほどの場所である。

春の花見の頃などは、大勢の客で賑わう場所だ。

いまは紅葉が見頃である。

紅葉狩りに散策する者たちがいないではないが、花見の頃ほどではない。たまにぶらぶら歩きをする者たちが通る程度である。

千太郎は、わざと木立が鬱蒼《うっそう》としているほうへ向かった。

すぐそばには、お化け灯籠《どうろう》の姿が見える。やたらと大きなために、灯を入れるとぼんやりと木立のなかに建っているので、それがお化けに見えるのだ。

いまは、申《さる》の刻。灯は入っていないから、二階建てほどあるかと思えるその灯籠も、いまはむき身の姿を見せている。

そのとなりを千太郎は通り過ぎた。

ますます周辺は木々のために、暗くなっていく。

途中から敵の姿は見えなくなっているが、確実に気配は感じられた。最後まで、千太郎をつけてくるに違いない。

ゆるゆるとした曲がりを右に入っていく。

そこは、いっそう森のような雰囲気になっていた。

ここで待つか。

ひとりごちて、千太郎は大きな松の木の陰に身を潜めた。

やがて、坊主頭が見えてきた。大男の体も見えてきた。

ふたりは、きょろきょろしながら千太郎を探している。

「ほい」

いきなり千太郎は、ふたりの前に姿を見せた。

「な、なんだ！」

森のなかから出てくるとは思っていなかったのか、ふたりは一瞬、足を止めて千太郎を見つめる。大男は、いきなり腰を下ろして、しこを踏むような格好をする。やはり、元は相撲取りらしい。

「ほう……相撲取りか。だがその腰つきでは、褌《ふんどし》かつぎで終わったかな」

「なんだと？」

ばかにされた大男は、顔を真赤にして、

「やかましい！」

褌かつぎといわれて怒ったらしい。腕になにやら彫物《ほりもの》をしている。観音様のように見えた。

「あぁ、こんな荒くれでは観音様も泣いておるなぁ」

「やかましい！」

大男は千太郎の挑発に乗った。

「くそぉ！」

しこを踏むような格好から、立ち上がると手を伸ばして突進してくる。

「おや、今度は突き出そうとするのか。だが、そんなヘッピリ腰では、赤ん坊も突き出せんぞ」

怒り狂っている大男は、目標を定めずに突っ走ってくる。まるで猪である。

おっとっと、といいながら突っ込んでくる男をはずして、ぽんと足を投げ出した。

相撲取りは、思いっきり回転して、その場に倒れてしまった。それを見ていた、坊主頭は、

「……馬鹿なやつよ」

仲間だというのに、馬鹿にしている。

「儂はそうはいかねぇ」

冷たい声で囁いた。起き上がろうとしている大男に、

「鉄《てつ》！　お前はどいていろ」

腰に差していた長脇差をすらりと抜いた。その格好は坊主頭には似合わない。どこかちぐはぐだが、それでも、刀の使い方は知っているようだった。

「ほう、まぁまぁ、構えにはなっておるな」

薄ら笑いを見せながら、千太郎がじっと坊主頭に対峙《たいじ》する。

「あっちは、元相撲取りか。さしずめ、相撲の鉄とでも呼ぶか」

「やかましいやい！」

「そんな格好をしているのに、長脇差を差しているとはなぁ。仏さまもびっくりではないか」

「…………」

挑発には乗ってこない。鉄と呼ばれた元相撲取りよりは喧嘩慣れしているようだ。

「お前の名前は？」

「そんなことはどうでもいい」

「そうはいかぬなぁ」

「なにぃ？」

「もし怪我をして、医者のところでも連れていったときに、名前を知らぬでは困る」

「大きなお世話だ。怪我なんかしねぇから心配することはない」

「ほう、そうであるか」

では、といって千太郎は柄《つか》に手をかけた。だが、まだ鯉口《こいぐち》は切らずにいる。本気で戦う気持ちはないらしい。それに気がついているのか、

「てめぇ、馬鹿にしやがって」

坊主頭は、じりじりと千太郎との距離を縮めてきた。

「だから名前はなんだと訊いておるではないか」

「しつこい野郎だ。おれは、岩鉄《がんてつ》だ」

「ほう、岩鉄に相撲の鉄か。てつてつ組だな」

「余計なことはいわねぇほうがいいぜ」

「おや、なぜだな？」

「てめぇの命がなくなるからだ！」

岩鉄はそういいざま、二間近くも飛んだと思えた。それほど大きな跳躍であった。

さすがの千太郎も驚いたほどである。

体《たい》を躱《かわ》して逃げたと同時に相手を褒《ほ》めた。

だが、岩鉄はそんな言葉にも気は取られない。ふん、と鼻で笑っているだけである。

「おう、さすがに喧嘩の岩鉄だな」

「ち、人のことを適当に呼ぶんじゃねぇ」

岩鉄はそういうと、またしても飛び込むきっかけを探している。その動きに惑わされないように千太郎は、一点を見つめている。岩鉄の足の指の動きだ。

飛ぼうとするときには、足の指先に力が入るはずだ。その瞬間を待っているのである。その目は鋭い。

岩鉄は、そんな千太郎の目に気がついているかどうか……。

それでも、視線鋭く千太郎を狙っているのは、間違いない。相手のことより、自分の戦いの動きに集中しているのだろう。

じりじりと足の指を微妙に動かしながら前進する姿は、まるで猫がねずみを狙っているようである。

「いままでも、いろんなところで、喧嘩をしてきたらしい」

無駄のない足捌きはそう感じさせた。

千太郎の誘いにも、岩鉄はいっさい聞く耳を持たない。ひたすら狙いすましているだけだ。

「あぁ、これはどうしても斬らねばならないかもしれぬなぁ」

岩鉄の動きをみて、呟いた千太郎だったが、

「それなら！」

先に動いた。

それに合わせて、岩鉄の体も動いた。

ふたりの体が空中で交差する。途中から鉄も加わろうとしたらしいが、諦めの目つきでふたりの戦いを見つめている。

が！

鍔迫《つばぜ》り合《あ》いとは異なる音がした。

鉄にはなにが起きたのか、はっきりとは見えていない。それほどふたりの動きは素早かったのである。

空中から降りてきたのは、千太郎が先だった。後から、岩鉄の体が下りて、その場でにやりと笑った。だが、その笑みはすぐ恐怖の色に変わった。

「可哀相だから、急所ははずしておいたぞ」

「ぐぐ……」

へたり込んだ岩鉄のそばに、相撲の鉄が近寄った。どこを斬られたのか訊いている。

どうやら、右の腕が傷ついているらしい。つつーと二の腕から血が流れていた。

「誰に頼まれたか知らぬが……いや、なんとなくは想像がつくが、くだらぬことを考えていると自分の首が飛ぶぞ、と伝えておくんだな」

「…………」

岩鉄は手ぬぐいを取り出して、巻きながら止血している。

相撲鉄は、怒りの目で千太郎を睨むが、いまの腕を見たら戦う気力は失っているようだ。

「まぁ、よい。本来なら自身番に連れて行くところだがな」

そういった瞬間だった。鉄が岩鉄を担ぎあげると、あっという間にその場から消えてしまったのである。

「わっはは、早い早い。それにしてもうかつであったか」

しっかりと捕まえておくのだった、と後悔しているようではあったが、

「なに、また会うことだろう。そのときに捕縛させたらよいか」

わっはは、と笑う千太郎の足元に、赤や黄の葉が数枚飛んできた。

五

弥市と島次は、千太郎のもとへ観泉寺を調べた結果を伝えに来た。

例によって片岡屋の離れである。今日は縁側ではなく部屋に座って聞いている。そばには、いつものごとく由布姫がいて、真剣な顔をしていた。

「あの寺には、おかしな連中が大勢出入りしてるようですが、まぁ、常駐しているのはふたりのようです」

「なにをしているのだ」

「さぁ、どうせろくなことはしてねぇはずですが。だけど、あっしたちが見張っていた間には、伝兵衛の姿はありませんでした」

「警戒しているのやもしれぬな。それにな……」

先日、岩鉄という名の坊主頭の男と、元相撲取りに襲われたという話をする。

「野郎、そんな汚ねぇことしやがって」

弥市が憤るが、

「いやいや、これで奴は墓穴《ぼけつ》を掘ったということだ」

「あっしたちが観泉寺に目をつけたことを知ったからでしょうか？」

「そうかもしれぬな」

時期は少しずれているが、いずれ観泉寺に目が行くと伝兵衛も考えていたはずだ。

「だけど、その伝兵衛という人と観泉寺のごろつきたちと、どんな関わりがあるのです？」

　と由布姫が口をはさむ。それがわからねば、観泉寺を見張ったところで意味はない。

「そこなんですがねぇ」

　どうにも、いまひとつわからねぇ、と弥市は首を垂れた。

　由布姫が、じっと考え込んでいたと思ったら、

「いままで、伝兵衛は弥市親分たちよりいち早く現場に駆けつけていたんですよねぇ」

　へぇ、と由布姫の顔を見た。なにをいいたいのか、と目で問う。

「それと……。すぐ事件の真相を見抜いて手柄を独り占めにしているんですよねぇ」

「へぇ」

　悔しそうに、頭を下げる弥市に、島次の舌打ちが聞こえた。

「くそ、あの野郎、なにかからくりがあるにちげぇねぇ」

「そうそう、そのからくりですよ」

　由布姫は、はたと膝を打った。その芝居じみた格好に弥市と島次はまるで、千太郎さんだと笑う。

「そのからくりを解きました」

「はい？」

どういうことか、と弥市は由布姫の次の言葉をじっと待つ。十手がゆらゆら揺れているのは、なにか期待している証拠だ。

「伝兵衛が作って、それを解決したとしたらどうです？」

「え……？」

そうか、と合いの手を入れたのは、千太郎だ。

「親分、いままで伝兵衛が解決した事件を挙げてみてくれ。ふたつくらいでよい」

どんな理由があるのかわからぬが、島次とふたりで思い出しながら語りだす。

最初に手柄をあげたのは……と天井を見ながら、

「あれは、奥山で物がなくなった事件です」

それは、こういうものだった。

奥山に小芝居をやっている小屋がある。

そこに、二枚看板の役者がいたのだが、あるとき、ひとりのほうが大事にしている衣装が失くなっていることに気がついた。

「仮に、そのひとりを役者イとしておきましょう。もうひとりを役者ロです」

「ふむ、イとロだな」

にやりと千太郎は、笑みを浮かべて、由布姫を見た。由布姫もおほほと手を口に当てている。

「そのロの衣装がなくなり、ロはイを疑いました。そこでイの衣装箱やら、住まいやらを探しても、なかなか見つかりません。そこで、出張《でば》ったのが伝兵衛です。やったのは、おめぇにちげぇねぇ、と何度追及しても、白状しなかったのですが、あるとき、伝兵衛は、住まいのすぐそばにいる女のところに行きました」

「女がいたのか」

「役者はもてますからねぇ」

島次が、自分たちご用聞きとは大違いだといって由布姫はまた笑う。

「すると、その女の押入れに、ロの衣装があったんです」

「なるほど」

「ですが、最後までイとイの女は、自分たちはまったく知らない、と言い張っていたといいます。これがひとつ」

うむ、と腕を組みながら千太郎は、なるほど、なるほど、と頷いている。

「もうひとつくらい思い出せぬか」

「いくらでもありまさぁ」

弥市は、口を尖らせながら、

「面白くねぇや」

そういいながら、ふたつ目の事件について語る。

「これは、両国のある米問屋で起きたことですが……」

その店を仮に、フとしましょう、というと、島次がえぇ！　と驚き顔で、

「イときて、ロときて、次はいきなりフですかい！」

「千太郎の旦那ならこういうだろうと思ってな」

へへへ、と笑うと、千太郎も由布姫も手を打って喜んだ。

「まぁ、そんなわけでして、フという店の主人、これをへホとしましょう」

「今度はへホ！」

目を丸くしている島次をよそに、弥市は続ける。

「そのへホの持ち物がやはり失くなりました。なんでも、へホは書画の好事家《こうずか》だそうで、奈良の都とか平安京から受け継がれている絵画を集めていた、ということでして」

「それなら、片岡屋に売ってもらおう」

「へぇ、今度会ったらそう伝えておきましょう。まぁ、そのフからなくなったのは、なんたらという絵で、丸ちゃんとか、おうちゃんとか……」

「それなら、おそらく円山応挙《まるやまおうきょ》だ」

「へぇ、その奴でして、へぇ。それが消えちまって、へホは大騒ぎです。フの部屋をあちこち探したけど、見つからない。奉公人の部屋を見ても見つからない。そこで、伝兵衛が出張りました」

「どうして、親分が行かなかったのだ」

「あまりたいした事件ということでもねぇですし、それに、あっしたちはまったくその話を知らなかったんで。後で聞いたら、伝兵衛がフのへホに自分からおかしなことはなかったか、と訊きに行ったらしいです。まぁ、岡っ引きはそうやって金をせびる野郎が多いので、そのときはまったく気にしていませんでした」

「そこからして、変ではありませんか」

由布姫が、ほらほらとにじり寄る。

「そうですねぇ。いまから考えたら、おかしなことばかりだ」

「確かに都合がいいや」

島次は、だんだん顔が鬼のようになりかかっている。

「結局、持ち出したのは、へホの妾、菊《きく》という女でした」

「なんだ、菊だけは本名か」

「へぇ、それだけ覚えているんで」

へへ、と弥市は首をすくめた。

ですが、問題はここからでして、とその場を見回す。

「イにしても、菊にしても、自分はまったく覚えがない話だといってきかなかったのです。伝兵衛の手柄というものは、すべてそうやって下手人たちが反論する事件ばかりだと噂になったくらいで。もっとも、本当に自分がやりました、と白状する者はほとんどいませんけどね」

やはり、そうか、と千太郎は由布姫と目を合わせる。

「それと、もうひとつ……。いま考えてみたら、事件の現場に坊主か、あるいは、でかい男がいつもいたような気がします」

六

「これで決まりだな」

千太郎は、全員の顔を見て、

「いままでの話でよくわかった。伝兵衛があげた手柄はほとんどが、自分で仕掛けて、それを解決してみせていただけだ」

「狂言というわけですかい？」

島次が驚き顔を見せる。持っていた十手を放り投げるような仕種《しぐさ》をしてから、

「それじゃ、誰だって捕縛できますぜ」

「だから、手柄がいっぱいだったのだ」

「やはり、そうですか」

弥市も、得心顔をして、口を尖らせ、面白くねぇやといつもの口癖を吐き出した。

「さて、おのおのがた……」

突然、千太郎の声の調子が変わった。まるで討ち入りのときの合図のようだ。

「な、なんです、いきなり……」

「敵は観泉寺にあり……」

ぱちぱちと手を叩いたのは、由布姫だけである。

「では、おのおのがた。これから観泉寺に向かう。敵は伝兵衛の仲間、喧嘩の岩鉄と相撲の鉄なり」

「はい？」

弥市は、目を見開きながら意味がわからねぇ、と呟く。

「聞け。いままでの流れで、伝兵衛は自分で事件を作ると、矢のように一番に現場に着く。そして、かってに下手人を作り上げ、拷問で落としてしまう。以上、明白なれば、これを悪の目利きとして退治に赴《おもむ》かん」

「へぇ、なんでもいいんですが、その物言い、やめておくんなさい」

「そうか、では」

身を正しながら、千太郎はにやりとして、刀掛けから二刀をたばさんだ。

「では、親分、島次、ついてまいれ」

「……ついてまいれといって、旦那、観泉寺の場所を知っているんですかい？」

「親分から聞こうとしていたところだ」


観泉寺は深川にある。

掘割が縦横無尽に走っているので、ときどき水の臭気が漂ってくる。

秋の風情《ふぜい》を感じさせてくれるのは、富岡八幡宮《とみがおかはちまんぐう》の境内に伸びる樹木だ。葉の色を変えて、特に銀杏《いちょう》は色鮮やかに、黄色に変化し始めていた。

銀杏の匂いもかなり充満している。

なかには、落ちた銀杏を拾っている者たちも認められた。

酒の肴《さかな》にちょうどいい、などといいながら弥市と島次は千太郎を観泉寺へと導いている。

観泉寺は三十三間堂の前を直進して、ちょっと右に入ったところにある小さな寺であった。住職も誰もいない破《や》れ寺である。

それだからこそ、荒くれ者たちが屯《たむろ》するには、ちょうどいいのだろう。

伝兵衛がここでなにをしていたのか、知る者はいない。

だが、坊主頭や、大柄な男となにかつるんでいたことは、たいていが知っている。

そいつらが、いまもこの寺にいるかどうか。

弥市は、こっちが気がついたことを知ったら、逃げてしまうではないか、と危惧《きぐ》していた。

だが、それはまったくの杞憂《きゆう》だった。

「おい、がんちゃんにてっちゃん！」

寺の前には、申し訳程度の門が建っている。

半分傾きかけているその門の外から、千太郎が大きな声で叫んだ。庫裏《くり》にいるのか、本堂に住まっているのか、どちらかだろう。

呼べば、出てくると思ったのだが、なかなか返事はない。応対の声も聞こえてこない。そんなことをしても、無駄ではないか、と島次はなかに踏み込もうとする。

「まぁ、待て……」

千太郎が止めて、もう一度、叫んだ。

「おおおい！　負けの岩鉄！　褌かつぎ！」

その声に、境内の向こうからガタガタという音が聞こえてきた。同時に出るな、という声もしている。

その声は、伝兵衛ではないのか、と弥市は千太郎に告げる。

「そうらしいな」

もう一度、弱い褌かつぎ！　と叫ぶと、閉まっていた本堂の扉が開いて、脱兎《だっと》のごとく大きな男がこちらに向かって走ってくる姿が見えた。

「わはは、来たぞ」

してやったり、という顔で、千太郎が喜んでいる。

「とはいえ、油断は禁物だぞ」

弥市と島次に伝えたが、自分はすたすたと境内に進んでいく。慌てて、弥市と島次も続いた。

目の前に顔を真っ赤にした元相撲取りが立っていた。

今日は、手になにやら金剛杖《こんごうづえ》のような棒を持っている。今度はそれで千太郎と戦おうというのだろう。

だが、千太郎は相手を無視して、また奥に向けて叫んだ。

「おい！　嘘つき伝兵衛！　出てこい！」

だが、出てきたのは岩鉄だった。右腕にさらしを巻いているのは、千太郎と戦ったときの名残《なごり》だろう。

話をする気はないとばかりに、岩鉄がさらしを巻いたまま、突っ込んできた。片手が思うように動かない相手と戦うのは、簡単なことだった。

ひょい、と体を躱して横腹に突きを入れると、あっさりと岩鉄は膝をついてしまった。目だけがらんらんとしているが、腕の開きは有無をいわせない。

境内から伝兵衛が出てくると思っていたが、姿はない。

その代わり、後ろから鉄が金剛杖を振り回しながら近づいてきた。

びゅんびゅんと風を切る音が聞こえるほどだ。そうとうな怪力である。

「いやいや、その力をもっと正しいことに使えばなぁ」

「やかましい！」

「褌かつぎは、終わったのかな？」

「くそ！」

振り回すだけで、策があるわけではない。隙だらけなのである。そこを千太郎は突いた。

「よ！」

横っ飛びに一間動くと、それだけで鉄は千太郎の居場所がわからなくなっている。おそらく、目の前から消えたと思えたことだろう。それほど千太郎の動きは素早い。

「く、どこだ！」

「おいおい、こっちだ、鬼さんこちら」

「ふざけやがって！」

後ろにいると気がついた鉄は、振り向くとそのまま金剛杖を、上に持ち上げて叩きおろした。だが、またそこに千太郎の姿はない。

「またか！　逃げるのか卑怯者め！」

「これはしたり。逃げもひとつの作戦だぞ」

笑いながら、千太郎はひょいと体を揺らしながら、鉄の前に出た。

金剛杖の死角に入ったのである。

「このやろう！」

また振りかぶった瞬間、千太郎の柄が延びて鉄の鳩尾《みぞおち》に当たった。ぐうといって、その場に倒れてしまった。

弥市と島次がすぐ寄ってきて、岩鉄と鉄に縄を打った。

あと残っているのは、さきほど声が聞こえてきた伝兵衛である。

どこに隠れたのか、あるいは、裏口からでも逃げたのか、姿は見えない。

境内には、木々が生い茂っている。そのなかに隠れたということも考えられた。なにしろ手入れをする者がいないのだ。草木は荒れ放題である。

千太郎は、本堂のなかに入り込んだ。

素早く部屋の周囲を見回したが、伝兵衛の姿はない。

だが本堂に裏口はないことを確認することができた。つまり、伝兵衛はまだこの本堂のなかにいるということだ。

千太郎は、どこにいるかふたたび、見回す。

と、以前は本尊がまつられていたと思えるところだけに、小さな影のようなものが見えていた。

そこか。

呟くと、すたすたとそこまで進んでいく。

ふと、影が揺れた。

「出てこい」

威厳のある声だった。

その他人を平伏させてしまうような声音に、驚いたか、伝兵衛がようやく体を見せた。

「やはりいたな」

「……おめぇさん、本当に何者だい」

「だから以前、教えたではないか。悪の目利きである」

「ち……」

「伝兵衛、お前は、事件を自分で作り上げ、それを解決したと偽の手柄を独り占めした。あまつさえ、ほとんどは濡れ衣を押し付けたなど、もってのほかである」

「なにぃ」

「とぼけても無駄だよ、伝兵衛ちゃん」

その掛け声に、伝兵衛は目を丸くするが、態度に変化はない。

「誰が、そんなでたらめを本気にするんだい」

「あの喧嘩岩鉄と相撲鉄だ」

ふたりが、あっさりと負けるとは思っていなかったのだろうが、目の前にいる千太郎に叩きのめされたのは、間違いない。自分が戦っても勝てないだろう、と気がついているはずだ。

それでも伝兵衛は、恐れいりましたとはならずに、

「いままでの手柄が吹っ飛ぶわけじゃねぇ」

「なに、すべてを洗い出して、もう一度しっかりと吟味したら、お前さんがいかにして、手柄を作り上げたのか、わかろうというものだ。あの良吾にしてもな。おそらくはおめぇさんの仲間がやったことだろう。わざと事件をつくっていたとしても、いままでは、殺しはなかった。今度は勘弁ならんぞ」

「ふん、あれは事故だ。女房をなんとかしようと思っていたら、それを知った旦那の野郎が大騒ぎするから、つい、力が入ってしまったのだ」

「そういうことか。ますます勘弁ならぬ」

問答はいいだろう、と千太郎は厳《おごそ》かに告げると、

「まやかしの伝兵衛！　そこに直れ！　成敗《せいばい》してくれる」

すらりと刀を抜いた。

あわてて、伝兵衛が逃げ腰になった。

「か！」

一閃《いっせん》すると、逃げ腰でいる伝兵衛の髷《まげ》がぽとりと落ちた。

秋の風に、落ちた髷が揺れている。猫背の伝兵衛がその髷を拾おうとしたところに、弥市と島次がやって来て、

「このやろう！」

島次が、伝兵衛の頭をこずいた。さすがに叩きのめすことはしないが、弥市も続いて、髷無しの頭をてんてんと叩きながら、

「やぁ、やぁ、伝兵衛さん。最後はこういうことになるんだなぁ。世の中、そんなに甘くはねぇってことだぜ」

「ちきしょー」

「やっと面白くなったぜ」

弥市が口を尖らせると、島次も、がははと笑いながら、髷を拾って、

「これをあそこで寝たふりをしている元相撲取りにくっつけてやろうか」

島次が笑うと、

「いやいや、あの岩鉄のほうにつけてやれ。そうしたらふたりとも褌かつぎになれるぞ」

弥市が、また伝兵衛の頭を叩いた。
やっといままでの悔しさが落ちたか、ふたりの顔は、秋空に映えている。

第四話　黄金の壺

一

東叡山寛永寺の伽藍《がらん》が秋の空に光っていた。

上野のお山では、秋の散策をする江戸っ子たちが、ときには清水観音堂のそばにある茶屋付近に建っている簡易な水茶屋などにたむろして、秋を満喫《まんきつ》しているのだ。

いまは、長月《ながつき》も終わり頃。

そろそろ秋というよりは、初冬に近い太陽の傾き具合だった。

寛永寺の大きな屋根を遠くに望む、上野広小路の菜飯屋《なめしや》で、小さな悶着《もんちゃく》が起きた。

広小路から、将軍さまが通る御成街道《おなりかいどう》を行くと、右側に小さな菜飯屋がある。

間口三間ほどで、なかは土間になっていて、ぐるりとコの字型に座敷が広がっている。

戸口から入ってすぐのところに、いかにも尾羽《おは》打ち枯らした浪人が座って、菜飯をかきこんでいる。あまりにも急いでいるためか、ご飯がぼろぼろと土間に落ちるほどだ。

お盆の上には御御御付《おみおつ》けもあり、その周辺も汁をこぼしたのだろう、びちゃびちゃになっている。だが、本人は一向《いっこう》に気にしていないらしい。

うまそうに箸を使いながら、口に運んでいる。

すぐとなりで食べている鼠色《ねずいろ》の法被《はっぴ》を着た職人ふうの若い男は、その浪人の食べ方があまりにも汚いので、眉をひそめ、ときどき浪人のほうに目をやりながら嫌そうな顔つきだ。

浪人はそんな周りの目も気にしてはいない。無心に食べ続けるだけだ。

いまは、未《ひつじ》の刻になろうとしている頃合いのせいか、あまり客はいない。浪人とその職人ふうの男とお店者《たなもの》ふうで主人とその使用人といった風情の三組だけである。

店の板看板が風に揺れている。それは「あつよ」と読めた。女主人の名前だろうか。

浪人はときどき看板が戸口に当たる音を気にしながら、箸を止めたり、周囲を見回したりしている。なにを考えているのかよくわからぬ表情だった。

やがて、ふぅと大きなため息をついて、箸をおいた。

満腹になったのだろう、腹をわざとらしく叩いて、

「いやいや久しぶりの飯であった」

誰にいうともなく、そういって立ち上がろうとする。

そこに、若い女がやって来て、二十文《もん》ですと話しかけた。

赤い前垂れは、水拭きをした跡があるから、いままで食器洗いでもしていたのだろう。手を出しはしないが、じっと支払いを待っている。

だが、浪人はなかなか銭を出そうとしない。

「なにかまだ食べますか？」

女が不審そうに訊いた。

「いや、そうでない。そうではないのだが」

なんでしょう、と問う女に、浪人はとんでもない言葉を吐いた。

「じつは、金がないので、これで失礼いたす」

あっという間のできごとだった。

女は、驚いたまま浪人を一度やり過ごしてしまった。

はっと気がつき、ただ食い！　と叫んで周囲に誰か追いかけてくれ、と頼もうと見

回した。

職人ふうの男が立ち上がった。

夫婦ものらしきふたりは、あたふたしているだけであてにならない。頼めるのは、職人ふうの男だけだった。

「早く、自身番へ！」

店を出たところに自身番があるから、そこにいる町役《ちょうやく》にでも頼もうというのだろう。

半纏を着た男は、よし、といって店を飛び出した。

「おっと、なんでぇてめぇは」

店を飛び出した途端、誰かとぶつかった。

「あ！　親分、ただ食いです！」

あっちに逃げました、といって周囲を見回すと、悠然として歩いている後ろ姿が目に入った。

黒い着物は、裾がびりびりに裂けているように見える。

草履もどこか切れているのではないか、と思えるほどのみすぼらしさは、外に出たらその姿をなおさらはっきりと見せている。まるで、ここにいますよ、といいたいような雰囲気である。

「なんだと？」

ぶつかった岡っ引きは、弥市だった。この周辺を見回りに歩いていたのである。ちょっと後ろを歩いているのは、島次だ。

半纏を着た男は、弥市に早く追いかけてくれ、と促した。それに反応するように、島次が走りだした。

「まぁ、あいつにまかせておけ」

弥市は親分然としたまま、島次が走っていく方向を見ている。

やがて、島次が浪人に追いついた。

「待て、待て、待て待て」

「なんだな？」

まるで自分がやったことを気にしていないらしい。岡っ引きがなんの用事だ、といわんばかりである。

「ただ食いをしたといってるのだがな」

本当か、と目に物をいわせた。

「おや？　そんなことは、したかなぁ？」

浪人は、しれっとしてうれしそうに笑っている。

「お侍さん……ちょっくらあの店まで戻っていただけませんか？」

相手は尾羽うち枯らした浪人だとしても、侍には違いない。島次はていねいに頭を下げた。

「そうか……」

嫌がりもせずに、浪人は黙って島次と一緒に弥市が待っているところまで戻ってきた。

「お侍さん、ただ食いとはあまりいい趣味じゃありませんねぇ」

弥市が、まぁなにかの間違いでしょうというような顔で語りかける。

「おやおや」

「どうしたんです？　払いを忘れたんですね」

「はてさて」

「まぁ、たまにお忘れになってそのまま店を出てしまうかたがいますから」

弥市としては、ことを大きくしたくない、という配慮だった。

だが、浪人は無視する表情を変えない。

「お侍さん……」

早く、金を払ったほうがいい、という弥市に、

「お前は、ご用聞きだな」

「へぇ」

なにをいまさら、という顔で応じると、

「そのような者にただ食い呼ばわりをされる覚えはない」

「……しかし」

大声が聞こえたのだろう、近所から人が出てきて、弥市と浪人を取り巻き始めた。

店からは、さきほどの赤い前垂れをかけた女が出てきて、

「親分さん……」

弥市に声をかける。

「おめぇさんは？」

「はい、この店の主でございます」

いわれて、弥市は風に揺れる板看板を見て、

「おめぇが、あつよさんかい？」

「はい」

浪人は、相変わらず、しれっとしたまま知らぬ顔を決め込んでいる。

となりに半纏を来た若い職人が、この野郎が金を払わずに出て行ったのを見ていた、と叫んだ。

それでも、浪人は右を見たり、左を見たりしながら我関せずである。

さすがに弥市は、そろそろ決着をつけなければいけねぇ、と思い始める。

——それにしては、変だぞ？

弥市は、浪人の態度に疑問を持ち始めている。

無銭飲食をしたことは、周りの言葉で明白だろう。

浪人本人は認めることも否定することもせずにいる。このままだと捕縛されるのは目に見えている。

侍がただ飯くらいだと周囲にいわれて捕縛されるなど、天下の大恥に違いない。それなのに、目の前にいる浪人はむしろ疑念をいだかせて捕まるのを待っているような態度だ。

「お侍さん」

「なんだな？」

「お名前は？」

「ふむ……名前をいう必要があるのかどうか」

「…………」

　黙って、弥市は待っていた。よけいなことをいわないほうがいいと判断したからだった。

「仕方がない、では、教えよう。千石太郎《せんごくたろう》と申す。人呼んで千太郎だ。みなからはそちらの名で呼ばれておる」

「はい？　あの、千太郎さんで？」

「なんだ？　私の名前が不服かな？」

「あ、いや、いえ、そうではありませんが」

「では、なんだ」

「いえ……」

　そばに寄ってきた島次に、

「千太郎さんがふたりになった……」

　困り顔をしながら、告げた。

「だけどこちらは、千石さんでしょう」

　その声が聞こえたのか、千石太郎は、

「これこれ、人が気に入っている呼び名を変えられたら困るぞ」

私は、千太郎だと言い切った。

「はぁ、しかし……」

もぞもぞしている弥市に千石太郎はなにが不服なのだ、と言い寄ってくる。

「いえ、不服というわけではありませんので、へぇ」

「では、なんだ」

「あの、あっしたちの知り合いで、もうひとり千太郎さんというかたがおりまして」

「なんだ、それで困っておったのか」

「そんなわけです」

「困ることはない。私が先に生まれておるのだから、私が先の千太郎である」

「はぁ」

どちらが先に生まれたかなど、弥市にわかるはずもない。ただ、顔形から見るとたしかに、目利きの千太郎よりは少々、年齢は上のように見える。

「困りました」

すると、島次が小さく囁いた。

「親分、名前なんぞどうでもいいでしょう。問題はただ食いです」

「……そうだったな」

一番肝心なことを忘れていた、と弥市は、大きく息を吐いて、

「では、こうしましょう」

十手をちらりと見せながら、

「ただ食いの罪は困ります。なんとか払ってもらわねぇと」

「……だから、金はないと申した。それはそこのおなごも聞いておるぞ」

宣言してから出たので、無銭飲食ではないといいたいらしい。そんな理屈が通るはずはない。

「これは困った」

弥市は、このままじゃ自身番に連れて行くしかない、といおうとして、

「女、払いはいくらだ」

「はい、二十文です」

しかたがねぇ、と弥市は財布を取り出し、これで納めろと女に銭を渡したのである。

それを見た島次は、なんてことをするか、と言い寄るが、

「まぁ、待て」

そこから声をひそめて、周りに聞こえないように囁いた。

「あの浪人は少し、怪しい。片岡屋に連れて行く」

「へぇ？」

「いいから、いうとおりにしろ」

言い含められた島次は、へぇと頭を下げるしかなかった。

二

片岡屋では、例によって帳場では鉤鼻の治右衛門が、仏頂面《ぶっちょうづら》で帳面をつけている。

その前で、まじめに目利きをしている千太郎に、弥市はいまお暇ですか、と声をかけた。

「暇なわけがないでしょう」

答えたのは、治右衛門である。

弥市が来ると、すぐ仕事を放り出して出かけてしまう千太郎に、近頃は風当たりが強い。いや、弥市に強く当たるといったほうがいいかもしれない。

「あ、はぁ……」

あの鉤鼻に睨まれると、四角い顔で鰓《えら》が張り、強面顔の弥市でも気後《きおく》れしてしまうらしい。

以前、あの男は海賊だったのだ、と千太郎にいわれて、

「はぁ、やはりねぇ」

と得心顔をすると、

「おいおい、そんなでたらめを信じるのですか、親分は」

ぎろりと睨まれて、すごすごと逃げ帰ったことがあるほどだ。

治右衛門は、確かに骨董屋にしては肝《きも》が据《す》わっているのだが、

「それは、威厳を持っていなければ偽物を摑ませられるからです」

と答えたことがある。

だが、弥市は千太郎が教えてくれた元海賊という話を密かに信じているのだ。それでなければあれだけの貫禄《かんろく》はつかねぇ、と思っているのだが、

「いや、ちょっとだけ、千太郎の旦那をお借りしてぇと思いまして」

下手《したで》に出ると、

「よい、いまから離れに行くから裏に回れ」

にやにやしながら、千太郎が弥市を誘った。

もうひとりの千太郎は、自分には関わりはないという顔で、三人の会話にも興味はないらしい。

「では、ちょっくらお邪魔します」

頭を下げて、弥市が千石太郎を促して裏に回っていった。

いつものように、枝折り戸を開いて裏庭に入ると、すでに千太郎は縁側に足を伸ばしていた。

となりには、いつものごとく由布姫が座ってにこにこと話しかけている。ときどき、おほほと口に手をやるのは、また千太郎がなにやら戯言で笑わせているのだろう。

弥市が千石太郎を紹介すると、

「人呼んで、千太郎である」

物怖《ものお》じしない態度で、千太郎に向き合った。

「なに、千太郎となっ?」

「いかにも」

「これはこれは、いつから私はこんな浪人になってしまったのか。となるとここにいる、私は誰だ?」

「なにをいうておるのかわからぬのだが?」

「私の名は、姓は千、名は太郎である」

「…………」

千石太郎は、ふふふと含み笑いをしながら弥市を見た。

「予測どおりであった」

千石太郎の態度が急に改まった。

弥市と島次はなにが起きたのか、と不思議な目つきである。

「いや、失礼いたした」

じつは、と千石太郎はきちんと膝を揃え、千太郎の前に手をついた。

「それがし、千石太郎と申す」

「ふむ」

「じつは、おぬしに願いの筋があってやって来た」

「はて？　意味がわからぬが」

弥市がおかしな声を上げた。

「そうか！　なにかおかしいと思っていたが、最初から千太郎さんに会うために、一芝居仕組んだんだな！」

「すまぬ」

体の向きを弥市に変えて、これまたていねいに頭を下げたではないか。そんな姿を見ていた由布姫はなにが起きているのか、という顔で島次に目線を送る。

だが、島次も首を振って、なにがなんだかわからねぇ、と顔で応じた。

「千太郎さん、いやさ、千石さんのほうですが、どういうことか説明してくれねぇとわからねぇですよ」

千石太郎は、そうであろうなぁ、と呟いて、

「申し訳ないが、こちらの見目麗《みめうるわ》しいお女性はどちらさまであろうか」

なにやら高貴な匂いがする、とかすかに頭を下げた。

「あぁ、こちらはさる大店の娘さんで、雪さんといいます。おそらくこちらの千太郎さんの許嫁《いいなずけ》になるかたと思いますがね」

最後はえへへ、と笑って紹介した。

「まぁ、誰がそんなことを」

いままで、ふたりの関係を許嫁とばらしたことはない。もちろん、本当の身分は隠したままだ。

「雪さん、あっしの目は節穴じゃぁありませんからねぇ」

なぁ、島次と弥市は体を捻った。

「えぇ！　そうなんですかい！」

驚き声で島次は、もじもじし始める。ふたりがいい関係だとは気がついていた島次

だが、まさかそこまで話が進んでいるとは思っていなかったらしい。

「なんでぇその顔は」

冷やかしの声は、島次へなのか千太郎へなのか、それとも雪へなのか、弥市の顔はあちこちを向いている。

「そうであったか、許嫁であったか」

感心した素振りの千石太郎に、本物の千太郎が問う。

「そんなことより、はじめから仕組んだとはどういうことかな？」

「じつは……」

浪人の千太郎がいうことには、近頃、評判のご用聞きに山之宿の親分がいると聞いた。そして、その後ろ盾になっているのが片岡屋の目利きさんだとも知った。

そこで、なんとかそのふたりに会いたいと願ったのだが、普通に相談に行ったとしても話を聞いてくれるかどうかわからない。そこで一芝居打てば興味を持ってもらえると考えたというのである。

「くそ、まんまと一杯喰ったということか」

「ただ食いだけになぁ」

千太郎が笑い、由布姫がおほほと口に手を添える。

「とんだ、洒落話《しゃれ》ですぜ。そうだ、一杯喰ったで思い出した。旦那……二十文は返してもらいますぜ」

「いや、すまぬ……本当に金はないのだ」

「あぁ……」

面白くねぇや、と口を尖らせる弥市に、千石太郎は深々と頭を下げながら、

「いまはない、いまは持ち合わせはないのだが、そのうち大金持ちになる」

「はぁ？」

その話を聞いてほしくて、一芝居を打ったのだ、とにんまりとする千石太郎に弥市は、舌打ちでもしたそうな顔を向けると、

「町方に金儲けの相談をするなんざ、聞いたことはねぇ」

「いや、金儲けとはいうわけではないが」

一瞬、困った顔をする千石太郎だが、それでも気を取り直したのか、

「こういう話なのだ」

と語り始めた。

自分は、あるところで以前、用心棒を生業《なりわい》としていた。

その店の主人はいろいろと古いものを集める好事家だったという。特にこれといっ

た書画やら刀剣というわけではなく、どんなものにでも手を出していたらしい。

そのなかに、ある黄金の壺があった。

「その壺というのが、本人は二束三文《にそくさんもん》で買ったといっていたのだが……」

「黄金作りが二束三文とは解《げ》せぬな」

疑いの目を向ける千太郎に、

「はい、黄金といいましても、名前だけのもので、見た目はただの鉄に見えたとその主人は笑っておりました。でも、後で調べてみたら本来は黄金作りだったと」

「では、金色はしていなかったということかな？」

「はい金は剝げていたらしいのですが」

後で目利きに持って行って鑑定してもらったら、これはなんととんでもない代物《しろもの》だったという。

「なにやら、唐《とう》代に作られていて、玄宗皇帝《げんそうこうてい》が愛用していた壺だというではないか」

玄宗皇帝の名前で、千太郎と由布姫の目に光が生まれたが、弥市と島次は、ふたりでどんな男だと目で会話をしている。

「詳しくは私も聞いてはいないのですが」

そういいながら、千石太郎は、なにしろとんでもない代物だというのである。

「目利きの千太郎どのなら、わかるのではあるまいか」

「……さぁ」

品物を見たわけではないから、断言はできぬと千太郎は断りを入れる。

「まぁ、そうでしょうなぁ」

玄宗皇帝の話を聞いて、主人は大喜びだったのだが、

「その壺があるとき盗まれてしまったのです」

「それは、もったいない」

「はい。そこで、店の主人は八方に手をつくして探させたのですが」

「見つからなかったのですか？」

由布姫がもったいない、と膝を擦っている。

「じつに、もったいない話なのです」

そこまで聞いていた弥市が口を挟んで、

「その壺を探してくれというんですかい？」

「いや……まぁ、話はまだ続きがありまして……」

千太郎は、そこで大きく一度息を吸った。

「じつは、その壺が故買屋《こばいや》から流れたのでしょう、全然別の好事家のもとへ移ってい

たことが判明したのです」

「ほう……それは？」

「はい。日本橋《にほんばし》、駿河町にある佐渡屋《さどや》という米問屋の主人、忠右衛門《ちゅうえもん》という人のもとにあると判明したのです」

「それはどのような筋から聞いたんです？」

弥市が、故買屋と聞いて眼の色が変わった。そんな輩《やから》が江戸の町を大手を振って闊歩《かっぽ》しているとしたら、ご用聞きとしては聞き捨てならないのだろう。

「さぁ、そこまでは私も知りません」

千太郎は、話を聞きながら腕を組んで、

「どうにもいまいちわからぬなぁ」

「はい？」

「おぬしがなにをやりたいのかが、わからぬのだが？」

「はい。それをこれから申し上げます」

背中をもう一度伸ばして、はぁと息を吐く。

その壺を見つけたら、以前、用心棒をやっていた店の主人から大金がもらえるというのであった。

「……だけど、そんな剝げた壺などどこに大金がつくんです？」

島次は、まったくわからねぇ、と呟く。

「私もあまり詳しくはないのだが……玄宗皇帝が持っていたというところに価値があるとのことであったなぁ」

苦笑いしながら千石太郎は弥市と島次に目を向ける。

「まぁ、好事家というのは人が持っていないものを自分だけで愛《め》でることが好きな連中のことですからねぇ」

由布姫が、笑いながら答えた。

「まぁ、そんなところだ」

千太郎も頷いているが、弥市と島次はずっとわからねぇ、という顔つきを崩さない。

「で、あっしたちにどうしろと？」

じれてきた弥市が問う。

懐から十手を取り出し、柄を摑んだり離したりしているのは話がよくわからないからだろう。となりで、島次も同じように、十手を取り出して小さくゆらゆらさせ始めている。

そんなふたりの仕種を見て、千石太郎は苦笑するしかない。

「親分さん、そう十手を出されるとちと気が引けますなぁ」

「おう、これは申し訳ねぇ」

たいして、申し訳なさそうな顔ではない。そのことに千石太郎も気がついているのだが、わざわざ嫌味をいうようなことはしない。

「とにかく、故買屋からその駿河町の店に移ったと思っていただきたい」

「それが判明したのは、どのような経緯なのであろうか？」

「そこまでは、以前の旦那も教えてはくれませんでした。おそらくは、あまり人にはいえないような連中を使って調べた結果だからでしょう。そんな連中との関わりがあるとばれたら、暖簾に傷が付くとでも思っているのかもしれません」

さもありなん、という顔で弥市は頷いた。

三

佐渡屋は駿河町でも有数の米問屋だ。

間口は八間はあるだろう。日本橋川に続く道に店があり、船で米を運び込めるようになっていて、荷揚げのときには、大勢の人足たちが掛け声も勇ましく、汗を噴き出しながら米俵を運ぶ姿が見られる。

弥市と島次は、千石太郎などと本名かどうかもわからねぇ浪人の話を鵜呑《うの》みになどできねぇ、と反対したのだが、

「いやいや、それならそれでなお面白いではないか」

と千太郎は、黄金の壺を探してみよう、といいだしたのである。

由布姫も、本当に玄宗皇帝が使っていた黄金の壺なら見てみたい、と後押しするから千太郎はその気になってしまったということもあるだろう。

「旦那……あんなタダ飯喰らいの野郎の言葉なんか信じるんですかい？」

「たまにはよいではないか」

「無駄なことですぜ」

「この世に無駄などないのだ」

「失敗したらどうするんです？」

「失敗もまた経験」

「そんな悠長なことといっていたら、江戸じゃ生きていけませんや」

「そうか？」

ならば死んでみよう、とわけのわからぬことをいう。

「あぁ、また旦那の気まぐれが始まりましたぜ」

由布姫に止めてくれといいたいのだが、その由布姫すら背中を押しているのだから、どうにもならない。

「親分、とにかくその佐渡屋に話を訊いてみようではないか」

「あんた、黄金の壺を持っているだろう、とですかい？」

「親分になら素直に答えるのではないか？」

十手持ちだから、正直になるだろうというのだが、

「それはいけませんや。故買屋なんぞと取引していると白状するわけがねぇ」

島次が、頭から反対する。

そんなみなの反対にも、千太郎は怯《ひる》むことはない。むしろ逆に、

「よし、ふたりが反対するなら、むしろ楽しそうだ」

そういって、佐渡屋の前まで来ているところであった。

いまは、未《ひつじ》の下刻。

日本橋の表通りの往来は、人が減ることはなく、大勢が歩いている。

大店の呉服屋の前には、秋から冬へ季節の変わりに合わせようとするのだろうか、若い娘たちが新しい小袖のためにいろんな柄を選んでいる姿があちこちで見られた。

こうして、秋は深まり、冬が訪れる。

江戸の季節は移ろいがはっきりしているのだ。

千太郎は由布姫を伴っていた。一緒に駿河町へ行こうと、誘うと、

「あら、越後屋さんにでも連れて行ってくれるのですか？」

「なに、越後屋、あれはいかぬ」

「なぜです？」

「その場で金子《きんす》を払わねばならん。持ち合わせがない」

「貸しておきます」

「うううむ」

というわけで、由布姫は佐渡屋には行かず、島次を連れて越後屋で呉服の探しものをしているのである。

貸しておきますといったところで、千太郎が返済するとは思えないが、そんなことはどうでもいいと思っているのだろう。

「たまには、買い物をしてみたい」

という言い分に、千太郎が負けただけのことなのだ。

不承不承、島次は由布姫に付き合わされて行ったが、弥市もあまりいい顔ではない。

ってから、千太郎に付き合わされて佐渡屋の前にいるからだった。高積見廻《たかづみみまわり》同心が近所を見回っていた。知った顔らしく、弥市は船着場にいる同心に向かって頭を下げてから、千太郎に話しかけた。

「千太郎の旦那……本気ですかい？」

「本気、本気、本気も本気だ」

「本気を並べましたけど、なんだかこの話はいかがわしいと思いませんかい？」

「思っておる」

「あらぁ？　それなのに、どうして？」

「いかがわしいから、どこがいかがわしいのか、そのいかがわしさを、確かめに来たのではないか」

「ううむ、なんだかよくわかりませんが」

まぁ、いいや、と弥市は十手を取り出した。

「これで少し、脅したほうが本当のことをいうでしょう」

故買屋の件は知っている、という顔で忠右衛門に会おうというのだった。

間口八間の入り口は、広い。

戸口の前には、これから店のなかに運ばれようとしている米俵が積まれていた。高積見廻同心はその積み荷が崩れたり、往来の邪魔にならないか、あるいは不正を働いていないかなどを調べているらしい。

さっき挨拶をした同心が、弥市の横に近づいてきた。

「これは、大八木《おおやぎ》の旦那、ご無沙汰しております」

ていねいに腰を折りながら弥市は挨拶をすると、同心は千太郎を見て小首を傾けた。

「ひょっとして、波村からよく聞く、悪の目利きという御仁《ごじん》であるかな？」

千太郎の、持って生まれたと思える風格に、背筋を伸ばした。

「あいや、波平さんはそんなことをいうておるのか」

悪の目利きは自分で言い出したことなのだがなぁ、と弥市は内心笑いながら、

「こちらは、大八木堂之進《どうのしん》さまといいまして……」

「高積見廻同心の大八木堂之進と申す。お見知り置きを」

「はい、はい」

屈託のない笑顔で返す千太郎に、大八木は面食らっているようだったが、千太郎から放たれる威厳のある佇まいに、なにやら感じるものがあるのかまじめに頭を下げた。

「じゃ、俺はこれで役宅に戻るぜ」

手を挙げて、弥市に挨拶をすると大八木はその場から離れた。

「なかなかの人物らしい」

「へぇ、評判のいいおかたです」

ふむと答えてから、では行くぞ佐渡屋に向かった。

戸口には、ひと休みしているのか道端にしゃがみ込んで煙草を吸ったり、小さな縁台で将棋《しょうぎ》を指《さ》している人足たちがいた。

千太郎が通って行っても、あまり気にしている様子はない。

例によって、ずかずかとなかに入っていく千太郎だが、後ろから弥市が十手をちらつかせるために、不服をいう者はいなかった。

身なりの立派な客が入ってきたと思ったのだろうか、奥のほうから番頭らしき男が手を揉むほど腰を曲げて出てきた。客ではないと告げても、さいでございますか、とていねいである。

さすが大店、と感心しながら、忠右衛門に会いたいと告げる。

後ろから、弥市が千太郎の前に出て十手をちらりと見せる。あまりおおっぴらに見せると、店の客や働いている者たちが慌てたり、仕事の邪魔になったら困るだろうという配慮であった。

「おや……」

親分さん、という言葉を飲み込んで、番頭らしき男は、

「なにか、忠右衛門に御用の向きでもおありでしょうか？」

自分は、二番番頭の貞五郎《さだごろう》という者だと名乗って、

「一応、私がいろいろお手配をするように仰せつかっておりますので」

いきなり忠右衛門には会わせないとでもいいたそうだった。

「忠右衛門に会いたい」

だが、千太郎はそれしかいわずに、押し通す。

途中で貞五郎も諦めたのだろう、お待ちくださいといって奥へ引っ込んでいった。

すぐ戻ってくると、主人がお会いします、と貞五郎は先に歩きだした。

廊下を進んで障子を開けると六畳の部屋に出た。

真ん中に帳場にありそうな机があり、そこでそろばんを弾いている。色が黒く鼻の横に大きなほくろがあった。

「ちと、黄金の壺の話を訊きたい」

「……なんと仰せでございます？」

「千太郎と申す。上野山下で目利きをしておる」

「は、あぁ……」

片岡屋の目利きのことは聞いたことがある、と答えた。

「ですが、黄金の壺とはいったいなんのことでございましょうか？」

惚《とぼ》けているのか、と弥市は十手をちらつかせるが、

「まったく覚えがありません」

忠右衛門は、首を傾げながら、鼻の横のほくろをいじくっていた。

「お前は嘘を申しておるな」

「はい？」

「いま、鼻をかいたであろう」

「いや、あの、鼻といいますかここにほくろがあることは知っておりますので、つい触れてしまうのが癖になっておりまして」

「人は、嘘をつくと鼻の横に手を伸ばすのだ」

「あの……」

「嘘はわかるのだ。目利きに嘘は通用せぬ」

「あ、はぁ……」

本当かどうかわからぬ言葉で、相手を翻弄《ほんろう》するのは千太郎の特技のようなものだ。

そばで聞いている弥市は、腹のなかで笑っている。

「しかし……」

「よいよい。いわずともよい。罪を問うこともせぬ。だから黄金の壺はどこにあるのか、教えてくれたらそれでよいのだ」

客として侍はときどき来ることだろう。

切米《きりまい》を売りに来る侍がいれば、腹を空かせてなんとか米を売ってくれと頭を下げてくる御家人もいる。

だが、そのような侍とは雰囲気が異なる千太郎の姿形に、忠右衛門はどのように対処していいのか、わからずにいるようだった。

三人とも黙ってしまったせいか、しんとした静けさが部屋を包んだ。

外から、昼夜を間違えているのか、虫の音が聞こえてくる。

ときどき、大きな物売りの声も聞こえてくるが、なにを売っているのかははっきりしない。

ほんの数呼吸の間だというのに、忠右衛門の額には季節はずれの汗が浮かんでいる。

千太郎が持つ威厳に負けてしまったのだろう、

「わかりました」

大きく息を吐くと、

「お話しいたします」

　一度、肩を揉むような仕種をしてから、背中を伸ばした。

「確かに、一度、玄宗皇帝が使ったとか、持っていたとか伝承されているといわれて、黄金の壺を手に入れました。ですが、それはいまここにはありません」

「本当かい」

　嘘をついていたら、ただじゃおかねぇ、と弥市が脅しをかける。

「本当でございます」

　あれは、真っ赤な偽物でして、と忠右衛門は吐息《といき》を吐き出す。

「なんだって？」

　驚き顔で弥市が訊くと、千太郎はそうだろうそうだろうという顔で、

「別に驚くほどのこともないな」

「どうしてです？」

「玄宗皇帝が持っている壺などという話からしておかしいではないか」

「では、最初から偽物だと？」

「いや、そうはいわぬがなぁ」

　大笑いをするかと思ったが、逆に深刻な目つきになってしまった。

「しかし、どうしてそんな黄金の壺などという話が出てきたのであろうか？」

いつ、誰からそんな話を聞いて、壺を手にしたのか、と忠右衛門に問う。

「そうですねぇ……」

過去を思い出すように、顔を左右に向けながら忠右衛門は、数呼吸考えていたが、

「あれは、そんなに遠い昔のことではありませんねぇ。ある職人ふうの男がやって来て、かなり金目のものがある、と囁かれたのが、いまから三ヶ月ほど前のことだったと思います」

「それで？」

弥市が問うと、はいと答えて、

「両国の花房《はなぶさ》という料理屋で、株仲間の会合がありました。そのときの帰り道だったと思います」

暗かったから顔はよく見ていなかったが、大川端を歩いているときに、話しかけられた。

声は囁くようで、最初はなにをいっているのかわからなかったそうだが、途中から珍しい壺の話だと知って気持ちが動いた。

周りが暗く、月もあまり出ていない夜だったから、怪しげな雰囲気に包まれて、よ

けい唐代の壺という言葉に耳を貸すことにした。

「唐代の壺?」

「へへへへ。それもそのときの皇帝が使っていた壺だといいますぜ。それも黄金だ」

「まさか」

「そのまさかがあるから、江戸という町は面白ぇ」

男は、顔が見られないように俯《うつむ》きながら喋り続ける。

「まぁ、別にいらないというのでしたら、ほかのお客さんに話は持っていきますから、あっしとしては、どうでもいいのですがね」

「ちょっと待て」

慌てて忠右衛門は、詳しく教えてくれと男に食い下がった。

好事家の悲しい性《さが》だろう。

他人に持っていかれるのは、業腹《ごうはら》なのだ。

いま、考えてみたらそこに付け入られた、と冷静に話を疑うことはできるが、あの夜の暗さと大川の流れの水音が、忠右衛門から用心深さを外してしまったのかもしれない。

「ただし、黄金といいましても、いまはその金が剝げてしまったのです」

それが嫌ならこの話は終わりだ、とまた男は脅しのような言い方をする。

「待てといっておりますよ」

どんどんと、男の術中にはまっていくことにそのときは気がつかない。

「いやいや、本当に唐代のものなら、手に入れたいと思う」

「そうですか……では、明日の明け六《む》つ、不忍池の弁天堂の前に来てください」

そういって男は、きびすを返そうとする。

「ちょっと、待ってくださいよ」

「なんです？」

「金子《きんす》はいかほど……」

「ほう、現物を見ずに金額を決めると？」

「……不見転《みずてん》ではあまり決めることはないのだが……」

「いやいや、それでこそ佐渡屋の忠右衛門さんだ。では、手付に二百両ではいかがでしょう」

「二百両……？」

いきなりそんな大金をと忠右衛門は腰が引けそうになったが、

「わかりました。持って行きましょう」

暗さと響く大川の水音が、忠右衛門を麻痺《まひ》させていたのかもしれない。そのときは、少々の出費でもかまわないと、腹をくってしまったというのである。

翌朝──。

忠右衛門は、約束の場所に行った。

そして、二百両を払って元は金色に輝いていた壺とやらを手にしたのだが……。

「どう見てもそれは黄金の壺などと呼べるような代物ではありませんでした」

「すぐ騙《かた》りだと気がついたのかい」

弥市は、半分馬鹿にした言い方である。

「まぁ、そうですねぇ。弁天堂の前にいたのは、なんと子どもだったのですから、そこで半分は気がつきました」

昨日の男がいるのかと思ったら、十歳くらいの子どもが風呂敷包みを持っていたという。そして金子と引き換えにそれを渡せと頼まれた、と子どもはいうのだった。

「なんとまぁ……」

くだらねぇ騙りにあったものだと弥市は、口を尖らせると、

「まぁ、このような詐欺《さぎ》は、単純のほうがうまくいくものだ」

千太郎が、うまくやられたという顔で忠右衛門を見つめる。

「はい。ですが、それでもひょっとしたら、と思って目利きに出したのですが……」

二束三文の偽物だった、と自嘲の苦笑を見せた。

「じゃ、いまでも黄金の壺をおめぇさんが持っているという噂はどうして続いているんだい」

「それが……」

いまさら、偽物に二百両も使ってしまったとはいえなくなってしまった、と忠右衛門は自虐的な笑いを見せる。

「それだけではありません。あの壺のおかげでとんでもなく面倒なことになってしまいました」

じつは、黄金の壺が佐渡屋にあるという噂が、盗人連中や好事家の間に有名になってしまって、それが仇《あだ》となってしまった。

「それから、こそ泥の数がいきなり増え始めたのです」

「そんなことがあるんかい」

「そうなのです。大盗賊のような乱暴な者はいないのですが、ちょろちょろと、大戸が開いていたり、屋根瓦が壊されていたり、裏庭から誰かが縁側に入っていたり、そんなことが多くなってしまいました」

おそらくは、黄金の壺を盗んでやろうとする奴らだろう、と忠右衛門はいう。

「それは、また急なことだな」

千太郎は、喜んでいるのか、顔が壊れるくらい笑っている。

「笑い事ではありません」

「しかし、なにか盗まれたということはないのであろう？」

「幸いにして、みな未遂に終わってますから」

「ふむ……」

未遂と聞いて、千太郎はそれもまた異なことである、と腕を組んだり解いたりといつもと異なり、忙しい。それを見て、

「なにか、作為でもあるというんですかい？」

「さぁ、そこまでは千里眼ではないからわからぬ」

あっさりと否定されて、弥市は鼻白《はなじろ》むが、

「ですが、盗人というより、未遂に終わっているということは、それを手に入れて一発大儲けを企んでいるような馬鹿な連中だと思いますねぇ」

弥市の言葉に、うんうんと頷くのだが、そこに忠右衛門がじつは、といってまた顔

をしかめた。

「なんだい、今度は」

どれだけ問題が起きるのか、と弥市は面倒くさそうな顔をする。

「はい……こんな文《ふみ》が入ってきたのでございます」

そういって、忠右衛門は油紙に包まれた文を懐から取り出した。

「脅迫状でございます」

「なにぃ？」

忠右衛門の手から引ったくるように、弥市が文を奪い取る。

「なにがかいてあるんだ……？」

弥市は、一度千太郎の顔を見てから、文を開いた。じっと読んでいくと、

「これは、盗人に入るぞという予告ではないか」

「はい、そうなのでございます」

「こんな大変なものがきているのに、どうして黙っていたんだ」

「いえ……黙っていたのではなく、これもまた騙りではないかと思ったものでしたから」

「だけどな、忠右衛門さんよ。もし本当のことだったら取り返しがつかないことにな

るぜ」

「はい……」

まじめな強面の顔をする弥市に、忠右衛門も事の重大さに気がついたらしい。急に、目をキョロキョロさせながら、

「では、どうしたら良いのでございましょう」

「旦那……これなんですが」

忠右衛門の問には答えず、弥市は千太郎に文を渡した。なにかいい策があるだろうか、と期待の目つきだった。

渡された文をていねいに読んでいた千太郎は、

「これは、たしかに盗人に入るぞ、という予告であるなぁ」

文には、これから三日の間に必ず、黄金の壺をもらいに行く、と書かれている。いつ、何刻に入るとは書かれてはいない。

千太郎は難しい顔をし、弥市は千太郎の答えを待ち、忠右衛門は心配そうにしている。三人三様でその文について、考えていたのであった。

四

誰がどうやってこの文を忠右衛門の手に渡したのか、千太郎の問いに、

「あるとき、子どもが持ってきました。弁天堂に来た子どもとはまったく違う子どもです……」

つまり、子どもから敵の正体を探る道筋はない、ということだ。

「最初からこの油紙に入っていたのかい」

弥市の問いに、忠右衛門はそうです、と答えた。

といっても、油紙などはどこでも手に入れることはできる。そこから敵の正体に近づくことは無理な話だ。

「敵がどんな連中か、いまはそれより大事なことがある」

この店を奴らから守ることではないか、と千太郎が釘を刺した。

「確かに……」

弥市も、忠右衛門も頷きながら、どうしたらいいのかという目つきで千太郎を見つめた。

「親分、まずは親分の力でこの佐渡屋に見張りをつけるのだな」

「店でやることはなにかありますでしょうか？」

「そうだな、まぁ、用心棒などがいたほうがいいかもしれぬが……あまり大げさにするのも嫌であろう？」

なにしろ、壺は偽物なのだ。

「では、おとなしくしております」

それがよい、と千太郎は頷き、

「親分、こちらは、人を集めておこう」

「へぇ、まぁそれが最初にやることでしょうねぇ」

三日以内ということは、今日の夜から早速、と弥市は立ち上がった。

「波平さんと、島次、それに……」

「あぁ、それから大八木さんにも手伝ってもらいましょうか」

弥市が名前を出す前に、忠右衛門がお願いしたい、と頭を下げた。

「大八木さんは、仕事がていねいだし、それに店のことには詳しいので、なにかと助けになるかと思います」

大八木？　と一度首を傾げてから、あぁ、あの高積見廻同心か、と千太郎は頷いた。

「よほど信頼があるらしい」

はい、と忠右衛門が頷くのを見て、千太郎はまた首を傾げる。なにを考えているのか、と弥市が目を向けるが、後で話すと目配せが戻ってきた。大八木の名前が出てから、千太郎の目が裏でなにかを見つけたような煌めきを感じることができるのだ。

——なにを考えているんだい？　まさか大八木さんが一枚かんでいるとでも？

弥市は、そんな馬鹿なことはないと心で否定をしながら、

「旦那……そろそろおいとましますかい？」

見張りなどの仕掛けを考える必要がある、と弥市は告げた。

「ふむ……そうであるな」

「佐渡屋……邪魔したな。店はちゃんと守るから心配はいらぬ。大船に乗ったつもりでおればよろしい」

はい、と忠右衛門は答えたが、不安の色は隠せなかった。

佐渡屋の外に出ると、人足たちはまだ煙草を吸ったり、将棋を指したりしている。

そんな連中の目を感じつつ、弥市は千太郎の少し後ろを歩きながら、

「旦那……あの目はなんです？」

日本橋川の水音がぽちゃりと鳴った。

川すれすれに都鳥《みやこどり》と呼ばれるゆりかもめが飛んで行く。それにつられたのか、烏《からす》が追いかける。さらに、ばたばたと、水鳥が飛び立つ。その姿を見て、

「親分、あれだよ」

「はい？」

わかるようにいってくれ、と詰め寄ると、

「最初に飛んだのは、都鳥だ」

「へぇ」

「だが、それにつられて、今度は鳥が飛んだ」

「あたしゃ鳥が嫌いです」

「それから、川を泳いでいた水鳥が飛んだ」

「なんだかよくわかりません」

「都鳥が飛んだからその繋がりで、ほかの鳥たちも飛んだのではないか？」

「そうとしか見えませんでした」

「今度の企みはその偽のつながりをうまく活用していると気がついた」

「はてねぇ」

「親分……」

歩いている足を止めて、千太郎は弥市を手招きすると、小さく囁いた。

「この日本橋界隈、いや、もう少し離れていてもいいが、大店でどこか大きな商いで、しかも大金が動く店はないか」

「……さてねぇ、いま急に訊かれても」

「調べてくれ」

「それが鳥の羽ばたきとなんの関係があるんです？」

「まぁ、喩《たと》え話だ」

そういって、千太郎はがははと笑いながら、最初に飛んだ都鳥は、黄金の壺だ、と言い切った。

「はぁ」

「それから、壺を探し出そうと佐渡屋にいろんなこそ泥が入りだした」

「へぇ」

「それが、鳥だ」

「はぁ」

「次に、鳥に釣られて飛んだのが、水鳥だ」

「はぁ……水鳥は、なんです？」

「わからぬか」

「わかりません」

「佐渡屋への予告だ……」

つまり、みなはその鳥が羽ばたいたところばかりが気になって肝心なことを見忘れておる、と千太郎は弥市を見つめる。それはなにか、と問う弥市に、

「みな、それぞれ飛んで行く先は異なるということだ。つまり目的の場所は異なるであろう？」

「まぁ、そうでしょうねぇ」

「今度のからくりは、その目的、飛んで行く場所をごまかすために周到に作られた企みに違いないのだよ」

「あのぉ、大八木さんの名前のときになにやら気がついたようでしたが？」

「それだ……」

千太郎は、ふふふと笑みを浮かべて、大八木というのは、高積見廻同心だというが、と訊く。へぇ、と答えた弥市に、

「高積見廻がそこにいるとなると、どうだ。普通の町方ではないから荷駄やら、なんやらに強い同心が見張るということになる」

「へぇ」

「敵は、それを見越しているのだ。すべてが佐渡屋に目が集まるではないか」

「まぁ、そういうことになります」

「それが敵の狙いだとしたらどうだ」

「よくわかりませんが？」

よいか、と千太郎は噛《か》んで含めるように説明を続ける。

「高積見廻同心は荷駄を中心に見廻っている」

「へぇ」

「その大八木が見張りにつくとなると、その店が狙われていると噂になる。世間の目、取り立てて町方の目は佐渡屋に向くことになろう？」

「はい」

「それが目当てだ」

つまり、あえて佐渡屋に目を向けさせて、町方の気持ちが薄手になったところを狙うのではないか、というのであった。

「なるほど。だから、どこか大金が動くところを探せと」

「ようやくわかったらしい」

「では、さっそく島次と一緒に……」

名前を出したところに疲れた顔をした島次と、にこにこ顔の由布姫がこちらに向かってくる姿が見えた。島次は大量の風呂敷を担いでいる。

「なんです、あれは？」

弥市が不思議そうな顔をするが、

「なに、荷物持ちをやらされておるのであろうなぁ。可哀相に」

千太郎は、同情の声とは思えぬ笑いを見せると、そばに寄ってきた島次が、

「親分……」

「泣くな」

「へぇ……」

「これからが大変だぞ」

弥市は、半泣きになっている島次を叱りつけた。

となりで由布姫は千太郎に、あれこれ何を買ったのか説明しながら、大喜びであった……。

　それから一刻後。

弥市と島次は、佐渡屋の見張りを波村平四郎に頼み、江戸のどこかで大きな商いが開かれる店がないかどうか探し回った。

一緒に探るよりはひとりひとりで探索したほうが効率がいいだろう、という弥市に、島次も同調した。

すぐふたりは同じような話を聞くことになった。

ふたりの耳に入ったのは、京橋の大根河岸《だいこんがし》にある廻船問屋、相模常陸屋《さがみひたちや》に、大きな取引があるとかで、そのために金蔵に大金が運ばれたという噂であった。

どんな荷物が運ばれるか、それはどうでもいい。とにかく、大きな金の動く店を探せというのが、千太郎の指示である。

「同じですね」

「いくら隠そうとしても、江戸っ子は耳が早ぇからな」

「……ところで、親分。あの例の浪人の姿が見えませんがどうしたんす？」

「あぁ、それは俺も気になっていたのだが」

「あの野郎、最初から俺たちをいっぱい食わせようとしやがって気に入らねぇ」

「おや、そうかい」

弥市は、島次の顔を見て、最初から色眼鏡で見たらいけねぇ、と諭した。だが、島次は得心しない。

「そうはいいますが」

「いいか。探索というのは目の前に見えることから、それを積み上げるんだ」

「いかがわしい野郎を前にしてもですかい」

「ひとつひとつ積み上げた結果から、判断するんだ」

「見るからに、やることがおかしい奴はどうするんです？」

「本当に、なにか狙っているのかどうか、証拠固めをしてからだ。疑うのはその後でいい」

納得いかねぇなぁ、と島次はいうが、弥市は慎重さと大胆さの両方が大切なのだ、といって島次を見つめる。

「わかりやした」

不服そうな顔をしながら、頭を下げた島次だが、それでもあの野郎はどこに行ったんだ、と首を傾げる。それには、弥市も同じ気持だったらしい。千太郎はなにもいわないが、あのままどこかに消えたとも思えない。なにか画策しているに違ぇねぇ、と呟く。

「さいでやしょう……」

それみろ、というように島次の鼻がひくついた。

五

相模常陸屋の話を聞いた千太郎はすぐさま、波平を呼んで佐渡屋への狙いは、偽だからすぐ見張りを京橋に動かすように伝えた。波平はすぐさま集めた小者を大根河岸に移動させようとしたが、

「待てよ、それではこちらから目が移ったというのがばればれになるじゃねぇかい」

そこで、波平は人を目立たぬように移動させたのである。もちろん、全てを移動させたわけではない。敵に気がつかれないように、佐渡屋にも人はつけておく。

もっとも、それほどの精鋭ではない。

「大八木さんはどうしますか」

問う波平に、千太郎はあの人は人身御供になってもらおう」

「はい?」

「あの大八木という高積見廻がいることで、敵は、この店への警戒を解いたとは思わぬことだろうよ」

「なるほど……」

こんな会話があり、ようやく相模常陸屋への移動が終わったところであった。

十月の朔《ついたち》。

新月である。

それゆえに月の明かりはあてにならない。

見張りだから灯火を持ち出すこともできない。

真っ暗ななか千太郎、弥市、島次、そして波平は相模常陸屋が見える通りに建つ小さな小屋から目を店に向けていた。

大根河岸から荷揚げされた荷駄がそこでいったん積まれる場所のようだった。

四畳半ほどの広さがあるから、四人いても狭いとは感じない。

窓はないから、戸口をかすかに開いたまま、通りをなかから覗いているのだ。

大根河岸の船着場には、はしけ代わりの猪牙舟が停泊しているのか、ときどき、水音が変化する。

大戸を降ろして、人の気配を拒否するほど黒々とした店が建っている。

「暗いですねぇ」

「それが狙いなのだろう」

波平の言葉に、千太郎が答える。

「でも、本当にここが目的の店なんですかねぇ?」

島次は、どこか不安な声で千太郎に訊いた。

別に信用していないわけではない。なにか口にしていなければ、不安なのだろう。

見張りは四人だけではない。小者たちもところどころに広がって、盗人たちが来るのを待っている。それぞれ、隠しながら携帯用の小さな龕灯《がんどう》を持っているのだが、千太郎は、そんなものはいらないと、裸眼だけで歩いている。

「人の目はその場に慣れるのだ」

その千太郎のひと言で、弥市と島次は灯火を出さずにいる。明かりがあるとそれに頼ってしまい、いざというときに、役に立たなくなる、というのだが、

「親分……本当ですかい?」

島次が、じっと黒い屋根の方向を見ながら弥市に訊いた。

「なにがだ」

「目が闇に慣れるという話です」

「お前、いま店がどうなっているか見えているだろう」

「まぁ、そうですが、はっきりとは……」

「当たり前だ。それでいいんだ。静かにしろ」

「へぇ……」

小さく怒鳴られて島次は、首を引っ込める。

波平は、口を閉じろと十手で弥市と島次の肩をとんとんと叩いた。

今日で例の文が来てから三日目である。

律儀《りちぎ》に三日後の今日まで、待っていたということになる。新月の日を選んだということも考えられるだろう。

どこから来るのか、まるで見当もつかない。

こんな闇の日に、見張りをするのはけっこう体力がいる。闇で外がまともに見えないというのも、辛いものだ。

雨が降らなかっただけ、まだましかもしれない。

千太郎は適度に周囲に目を配っているらしい。ときどき、顔が左右に振られるからだ。弥市と島次は、じっと暗い町を見つめている。

月のない江戸の町はこれほどまでに暗いものか、とあらたなる発見をしているような気持ちだった。

「来ませんねぇ」

島次がじりじりしている。暗闇にじっとしているのが辛くなってきたらしい。見張りのために、張り付いている場所は、船着場から少しはなれたところだ。

島次はまだ若いせいか、このような探索に当たったことはないらしい。とにかくじっと待つのが耐えられない、といいだした。

「ちょっと外を見回ってきます」

「待て、それでは敵に見破られてしまうじゃねぇかい」

弥市が止めた。

早まるなというのだが、島次はもうしびれが切れてしまったらしい。

「でも、親分、いつまでもこんな狭い場所にいても埒《らち》が明かねぇ」

「そんなことはねぇ。見張りは待つのが仕事だ」

し……と波平がふたりを止めるが、島次はいうことを聞かずに、外に飛び出してしまった。

「あの馬鹿め」

舌打ちしながら、弥市はどうしましょう、と千太郎に問う。

「……まぁ、仕方あるまい。夜回りだと思ってくれたら儲けものだろう」

店の前から裏側に回る島次の姿が消えたとき、

「なにか聴こえる」

波平が囁いた。

「あれは……」

水音である。川が流れる音ではなかった。ぎぃぎぃという音が水音に混じって聞こえてくる。

「あれは、櫂《かい》の音だ……」

弥市が、腕をまくった。島次が裏に回った後でよかったと呟きながら、

「どうします？」

「少し待とう。こういう見張りは待つのが仕事だからな」

ふふ、と含み笑いをする千太郎に、へぇ、とまじめに答えて、

「あれ？　それはさっき……」

「そうだ、親分の科白《せりふ》だ」

その会話で三人の気が楽になった。

「そういえば……あの浪人はどうしたんです？」

「心配するな……あそこにいる」

「はい？」

千太郎は船を指差した。

やはり、盗賊の仲間だったのか、と弥市が問うと、

「あのひと芝居はあまりにも、鮮やかすぎた」

なるほど、と弥市が頷く。

「あまり、話がとんとんと黄金の壺に行き着くのでなぁ、そんなうまい話があるとしたら、片岡屋の耳に入っていないはずがない。それに玄宗皇帝などという名前を出したところが、かえって怪しい」

「まぁ、最初から胡散臭い話だとは思っていましたが」

「策士策に溺《おぼ》れる、というやつであったな」

なるほど、と波平が頷いている。

そうこうしている間に、船が船着場に着いたらしい。櫂の音が消えたのだ。

「船は一艘ですかねぇ？」

弥市が呟いた。一艘かそれとももっと多いのか、それによって敵の数が予測できる。

「二艘だな」

千太郎が断言する。

船着場はここからは見えないが、音を感知していたらしい。

「ということは、少なくても六人くらいはいますかねぇ？」

「さぁな。千両箱を積む船が必要だ」

「となると、一艘はそのために曳《ひ》いてきたということも考えられますね」

おそらくな、と千太郎は頷いた。

となると、猪牙舟ならせいぜい三人から四人乗れるかどうかだ。敵はそれほど大勢ということはないだろう。大盗賊団になると十人単位で動く連中もいるのである。それに比べたら、四、五人なら気にするほどの人数ではない。こちらには千太郎がいる。

小屋からじっと見つめていると、船着場から上がってきたのは、三人だった。

先頭を歩く姿形に見憶えがある、と弥市がいった。

「当然だ。あれが千石太郎という惚けた男だ」

「やはりそうだったのか……あれ」

「いかがした」

「もうひとり、どこかで見たような背格好の男がいますぜ」

弥市がじっと見つめていると、

「あの野郎！」

と叫んだ。

「どうしたのだ」

「あいつは、千石野郎がただ飯をくらったときにいた職人ふうの野郎です」

あいつも仲間だったのか、と弥市は驚く。

「あそらく、あの浪人がただ飯を喰ったということを証明する者がおらねばならぬ。あの刻限ではそれほど客は多くいるとは思えない。そこで、いざというときのために、手配りをしていたのであろうなぁ」

なかなか策士ではないか、と千太郎は喜んでいるが、弥市はそんな連中にまんまと騙されて千太郎のところに連れて行った自分が馬鹿のようだ、と嘆く。

「なに、どっちにしろ、親分が連れてこなくてもいつかは、私のところに来るように画策していたに違いあるまい」

「どうしてです？」

「私と弥市親分の目を、佐渡屋に向けさせるためだ」

「なるほど……」

そこまで考えていたとしたら、確かに策士といえる。

六

船から上がった三人は、相模常陸屋の前で、じっとなにかを見つめている。誰かを待っているような雰囲気だ。

「これは、なかに誰か仲間がいるらしいぞ」

波平が、呟いた。

なるほど、そういえば、三人はじっとしたまま動こうとしない。そうこうしている間に、ひとりが指笛を鳴らした。

ぴーという音は、ただ聞いていると虫の音かあるいは、ほかの動物の鳴き声にも聞こえる。

「あれが、合図ですかね」

弥市が、うまいことやりやがるといいながら呟いた。

「そうとう前から画策していたらしい」

千太郎も、舌を巻いている。

店のなかから、がたがたと音が聞こえてきた。大戸は締まっているが、潜戸が開いたのだ。やはり、仲間がすでに店のなかで働いていたようだ。

潜戸に三人が向かいかけた、そのときだった。

「あの馬鹿……」

弥市が小さく叫んだ。

「島次……」

店の裏側に回っていた島次が戻ってきたのだ。

暗闇に慣れた目に、島次が十手を振り回しながら歩いてくる姿が見えている。すぐそばの常夜灯が島次の姿を闇のなかに映し出した。

「馬鹿野郎……」

弥市が、飛び出そうとするのを千太郎は止めた。

「待て、見届けるのだ」

「しかし……」

奴らに島次が殺されでもしたら取り返しがつかない。

「おそらく、殺しはしない」

「なぜです?」

「あれだけの策を練る連中だ。殺しをすると後が面倒なことになる。それだけの計算はできるはずだ」

「でも……」

ほうっておくと、島次は捕まってしまう。

「それも一興」

「はい？」

「島次にはいい経験になる」

しかし、といいかけて目の前で、島次と盗人たちとの戦いが始まり息を呑む。

「親分、ここが正念場だぞ」

「しかし、弟分に怪我などさせたくはありません」

「心配無用」

どこからそんな自信が出てくるのか、千太郎は島次は殺されはしない、と断言する。

じっと目を凝らして見ていると、島次は千石太郎らしい黒装束に取り押さえられてしまった。そのまま、自分が持っている捕縄で体を縛られ、道端に放り投げられている。

弥市は、じりじりとしているが、千太郎はまだまだと動こうとしない。

やがて、なかから仲間らしき者が外に出てきた。その姿は女だった。寝間着のまま、千石太郎に手招きでなにかを知らせている。

見ていると、船でやって来た三人は、女の手招きで外側に回っていった。どうやらそちらに金蔵があるらしい。

「旦那、まだですかい？」

「まだまだ、まだだ」

ううむ、と弥市は唸って波平に目を送ると、のんびり顔で、千太郎の指示を待とうと目配せする。

波平が動こうとしないのに、自分が先に飛び出すわけにはいかない。

仕方なく、敵の動きをじっと見つめるしかなかった。

だが、島次がここで仲間が隠れていることをばらしてしまったら、いままでの苦労が水の泡になってしまう。

まさか、そこまで馬鹿ではねぇだろう、と島次を信じるしかない。

盗人たちは、しばらくしてからふたたび姿を現した。なんと、大八車に千両箱を積んで出てきたではないか。どこまでも用意周到な連中だと弥市は驚かされるばかりである。

やがて、三人と女は大八車を船着場まで引っ張っていった。

店のなかは音もしない。

まさか、外でこんなことが起きているとは夢にも思っていないのだろう。用心棒などはいないのか、と波平が首を傾げるが、

「そのあたりもなにか計画を立てていたのであろうなぁ」

千太郎は、答えた。

それでなければ、こうも簡単に盗み出せるはずがない。

「まぁ、捕まえたらそのあたりをじっくり聞いてみようではないか」

千太郎はこんなときでも、のんびり楽しんでいるように見える。弥市は気が気ではない。さっきから十手を握ったり、肩を叩いたり、腹を叩いたりと落ち着きを失っている。

それもむりはないだろう。目の前で千両箱が運ばれ、さらに島次が転がっているのだ。

なんとかしたいと弥市は、いらいらが止まりそうにないが、千太郎が動かないのだからどうにもしようがない。

「親分、船を漕げるか」

千太郎が問う。

「そんなに上手とはいえませんが、なんとか」

「よし……」

やがて、千両箱は船に積み終わったらしい。

ついでといった趣《おもむき》で、島次も船に引っ張られていく。

弥市に船を漕げるかどうか訊いたのは、船で追いかけていくつもりなのだろう。

曳いてきた船のほうは、三人のうちの誰かが漕いでいるらしい。

しばらくして、ようやく千太郎が外に行くぞ、とふたりに告げた。

弥市が素早く、もやっている船の縄を解いた。

三人が乗り込む。

「たのむぞ、親分」

先を行く船は、舳先《へさき》に小さな提灯を掲げているから、それを目印に追いかけることができるのだが、こちらは真っ暗である。ちょっと間違ったら、岸にぶつかってしまうかもしれない。

細心の注意が必要だ。

「弥市……俺は、奴らを連れて別の船で追いかける」

船に乗り込もうとしたときに、波平が弥市に声をかけた。

「へぇ、合点でさぁ」

波平は、ふたりと別れて小者が隠れているところへ走っていった。

弥市の櫂さばきはそれなりに、うまく進んでいく。

やがて、先を行く船は京橋川伝いに白鬚橋《しらひげばし》に出た。どうやら鉄砲洲《てっぽうず》方面に向かっていくようだった。

やがて、鉄砲洲の波除稲荷《なみよけいなり》が闇のなかでぼんやり見えてきた。

確かに、目は闇に慣れたら見えるようになるらしい。

稲荷橋のそばで、船は止まった。

先に仲間が来ているようだった。大八車が見えているのだ。

千両箱を上げる姿がぼんやりと見えている。

弥市は、船が見つからないように、川岸につけている。

ぽちゃぽちゃという水音が響くが、こればかりは仕方がない。千両箱を上げる作業で聞こえないことを祈った。

千太郎は、そんな音も大して気にはしていないらしい。

「もっとそばに寄ってもいいぞ」

「しかし」

「なに、どうせこちらの動きはばれていると思ったほうがよい」

「それなら余計に隠れねぇと」

「よいよい」

まるで、物見遊山に来ているような言い草だった。

やがて、大八車が千両箱でいっぱいになり、縄を上からかけ始めた。

「よし、行け」

「いまですかい？」

「いまだ、急げ。逃げられたら困る」

弥市は、力いっぱい漕ぎだした。櫂の音も気にするなといわれ、思いっ切り船を進める。

七

「やあ……」

千太郎が船着場から上がると、待っていたのは覆面を取った千石太郎だった。

「これでまた、ふたりの千太郎が顔を合わせましたなぁ」

本物の千太郎が、楽しそうに声をかけると、

「そうらしいですねぇ」

千石太郎も、にやにやと頷いている。

後ろから、敵の仲間が提灯を差し出しているので、顔が闇よりははっきり見えている。相変わらず、千石太郎は、緊張感のない顔つきである。あの無銭飲食は本当だったのではないか、と思わせるほどだ。

「てめぇ、騙しやがって！」

弥市が、十手を突きつける。

「とっとと、お縄になりやがれ！」

「いやいや、そうはいかぬなぁ。おぬしたちだけらしいから、そこで眠るかしてもらって、逃げることに決めておるのだ」

「やかましいやい！」

弥市が、飛びかかろうとしたが、千石太郎はにやにやしながら、簡単によけてしまった。

千太郎が前に出て、

「親分は、あっちを頼む」

手下たちが大八車を押して逃げていくところだ。そのまま逃がすわけにはいかない。

「重いからそんなに簡単には、動かせないだろう」

千太郎の声で、頷いた弥市は、大八車のほうに目を向けた。

そこにいるのは、船に乗っていたふたりと、ここで待っていた仲間がひとりいるようだった。都合、三人。

それを見て、ううむ、と唸る。

「三人は多すぎるなぁ」

つい、愚痴ってしまった。

その言葉に、千太郎は笑いながら、

「なに、ひとりは女だ」

いわれてみたら、金蔵に案内していた女が途中で消えていた。

こちらに先回りしていたのだろう。

「ふたりならなんとかなるかなぁ」

こんなときに、島次は、と考えて気がついた。

船に乗せられたはずだ。

思わず船着場を見ると船のなかでもがいている影が見えた。

慌てて、地面から降りると、

「島次！」

「親分……面目ねぇ」

縄をほどいて、通りに戻ると千石太郎が、にやにやとふたりを見つめている。

「命を取らなかっただけ、ありがたいと思っていただきたい。ついてはどうだ、その御礼として、逃してくれぬかなぁ」

「やかましい！」

島次が、突っ込もうとして弥市に抑えられる。

「慌てるんじゃねぇ」

一度、失敗している島次は、ちっと舌打ちをしながら思い留まり、足を止めたが、今度は手下たちのほうへ体を向けて、

「親分」

「よし、行くぞ……」

ふたりは手下の前に進んでいった。

弥市は十手術を学んでいるが、島次はまだそこまでの腕はない。だが、くそ度胸だけはある。

ふたりの動きを見ていた千太郎は、

「どうかな、そろそろ戦ってみるのは？」

「……まぁ、そろそろですかな」

手下が持っていた提灯が吹き消された。

だが、弥市と島次が懐に隠していた携帯の龕灯に火をつけ、それを、地面に置いた。

なにも明かりがないよりは、まだましであった。

闇のなかに地面にふたつの光が灯り、不気味な気配を醸し出している。

「では、まいろう」

千太郎が青眼《せいがん》に構えると、

「……ちょっと待て」

「どうした」

「おぬしの本当の名を知りたい」

「であるから……姓は千、名は太郎。人読んで目利きの千ちゃん。目利きというても、悪の目利きだ」

「ふふ、覚えておこう」

「おぬしの本当の名は？　千石太郎などというのは偽であろう」

「まぁ、それはいいでしょう」

そう答えると、いきなり抜き手で斬りつけてきた。

「おっと……」

思ったより、鋭い切っ先に千太郎は、数歩下がった。

そのまままた青眼でぴたりと切っ先を相手の喉仏《のどぼとけ》につける。その剣先からはまるで、鋭い光でも発せられているようだった。

千石太郎は、じりじりと前進する。

後ろに引くのをよしとしていないのだろうか、と千太郎がふと思った瞬間だった、

「いまだ！」

千太郎が思案する間を狙っていたらしい、

「きえ！」

怪鳥のような掛け声で、一間前に飛んで、突きが伸びてきた。

その剣先が、数間長く延びたように見えた。

片手で、伸ばしたからだった。

その突きは、周辺の空気を切り裂いた。

鋭い音とともに、千太郎の胸に向かって伸びてきたのだ。

うっと、息をこらして千太郎は、体をひねった。平凡な剣士であればその突きは確実に、胸に突き刺さっていたことだろう。

必死の突きが、外れた。

「なに？」

「……危なかった」

さすがの千太郎も、息を吐く。

「今度はこちらから」

いう間もなく、千太郎の体が水の上を歩くようにすっすっと前進して、敵の体の前でふと闇に溶けた。

かすかに背を丸めたのだ。

千石太郎からしたら、目の間で姿が消えたと思ったことだろう。

あっと思ったときには、千太郎の切っ先が、太腿に刺さっていたのである。

そのとき、わぁ！　という集団の声が聞こえた。

波平たちが、到着したらしい。

「旦那！」

「よくここがわかったな」

「それは、あっしの手配りのうまさでね」

ふふふと笑う波平の顔は、手下たちが掲げる御用提灯のなかで赤く輝いていた。

「つまりはどういうことだったのです？」

片岡屋の離れで、千太郎を囲みながら、由布姫が問い質《ただ》している。

そばには、弥市と島次がいた。波平は吟味与力に呼ばれて大番屋である。

「なに、あの千石太郎という盗人が、相模常陸屋の取引を知り、ひと芝居を打ったということだ」

「それは、佐渡屋に目を向けさせて、本当の目的をずらすようにした、ということですね」

由布姫が、新しい小袖を着ながら嬉しそうに問う。

「そう、そう。私と弥市親分の名前も江戸、いやこの界隈だけだろうが、有名になったものよ」

弥市は、それにしてもあんな面倒なことをやらなくても、と首を傾げるが、

「大金をせしめるのだ、あのくらいやらねば、簡単に盗むことなどできなかったであろうな」

「頭がいいのか、どうなのか」

「まぁ、馬鹿ではないが、いつぞやもいうたが、策士策に溺れる、というやつであったなぁ。その頭を別のことに使ったらもっといい目を見られたと思うのだが」

「馬鹿者は、いつまで経っても馬鹿なんです。焼いても馬鹿は治らねぇ」

島次の言葉に、弥市は馬鹿野郎はお前だ、と額をぽんと叩いた。

「まぁまぁ、これで一件落着。では、秋の味覚でも楽しもうではないか」

そうですね、と由布姫は着ている小袖をこれ見よがしに、手を広げて見せる。誰も褒めてくれぬために、わざとそうしているのだ。

「おや、雪さん、なかなか美しい小袖でありますねぇ」

薄青色に、まだ早いが、雪化粧の小紋が散らばっている。

雪の白がなかなか映えている。

「いやいや、きれいなのは雪さんだぞ」

千太郎が、点数稼ぎをすると、

「では、もう一度越後屋に行きましょうか？」

「いやいや、それはもういいでしょう！」

慌てる千太郎に、由布姫、弥市、島次の笑いが片岡屋の離れに響く。

「おやぁ？」

「どうした」

「白いものが落ちてきましたぜ」

弥市が、庭を見ながら叫んだ。

「これは……」

そうか、といって千太郎が庭に出ると、

「みな、来てみろ」

指さした先に、冠雪を帯びた富士が冬の光のなかで映えていた。

「剝げ落ちた偽の黄金の壺などを見るよりも、あの富士のお山を見たほうが、ずっと気持ちが豊かになるぞ」

千太郎の言葉に、三人はうなずき続けていた。

時代小説

二見時代小説文庫

提灯殺人事件《ちょうちんさつじんじけん》　夜逃《よに》げ若殿《わかとの》　捕物噺《とりものばなし》12

著者　聖《ひじり》　龍人《りゅうと》

発行所　株式会社　二見書房
東京都千代田区三崎町二－一八－一一
電話　〇三－三五一五－二三一一［営業］
　　　〇三－三五一五－二三一三［編集］
振替　〇〇一七〇－四－二六三九

印刷　株式会社　堀内印刷所
製本　ナショナル製本協同組合

落丁・乱丁本はお取り替えいたします。
定価は、カバーに表示してあります。

ISBN978－4－576－14145－9
http://www.futami.co.jp/

花瓶の仇討ち　夜逃げ若殿 捕物噺7

聖 龍人［著］

骨董目利きの才と剣の腕で、弥市親分の捕物を助けて江戸の難事件を解決している千太郎。許嫁の由布姫も事件の謎解きに、健気に大胆に協力する！ シリーズ第7弾

お化け指南　夜逃げ若殿 捕物噺8

聖 龍人［著］

三万五千石の夜逃げ若殿、骨董目利きの才と剣の腕で江戸の難事件に挑むものの今度ばかりは勝手が違う！謎解きの鍵は茶屋娘の胸に!? 大人気シリーズ第8弾！

笑う永代橋　夜逃げ若殿 捕物噺9

聖 龍人［著］

田安家ゆかりの由布姫が、なんと十手を預けられた！江戸下屋敷から逃げ出した三万五千石の夜逃げ若殿と摩訶不思議な事件を追う！ 大人気シリーズ第9弾！

悪魔の囁き　夜逃げ若殿 捕物噺10

聖 龍人［著］

事件を起こす咎人《とがびと》は悪人ばかりとは限らない。夜逃げ若殿千太郎君《ぎみ》は由布姫と難事件の謎解きの日々だが、ここにきて事件の陰で戦《おのの》く咎人の悩みを知って……。

牝狐《めぎつね》の夏　夜逃げ若殿 捕物噺11

聖 龍人［著］

大店の蔵に男が立てこもり奇怪な事件が起こった！一見単純そうな事件の底に、一筋縄では解けぬ謎が潜む。千太郎君と由布姫、弥市親分は絡まる糸に天手古舞《てんてこまい》！

べらんめえ大名　殿さま商売人1

沖田正午［著］

父親の跡を継ぎ藩主になった小久保忠介。財政危機を乗り越えようと自らも野良着になって働くが、野分で未曾有の窮地に。元遊び人藩主がとった起死回生の秘策とは？